四季 春

森 博嗣

KODANSHA NOVELS 講談社ノベルス

ブックデザイン＝熊谷博人
カバーデザイン＝辰巳四郎

目次

THE FOUR SEASONS
GREEN SPRING
by
MORI Hiroshi
2003

「三月十七日だ。もう春になったようなもんだろ。デスモン、ほんとにシックな連中はね、そうだよ、女でも男でも文句なしにエレガントな連中ってのは、目のまえに迫った季節のための装いってものがあって、それが待ちきれないで、じりじりするものなんだ」

（CHÉRI／Colette）

プロローグ

たとえば薔薇色《ばらいろ》がかった栗色の短髪の髪のうえに、うしろにずらしているかにも子供っぽくちょこんとのせた白いフェルトの「ブルトン帽」、あるいはまた、かつては「ヴィーナスの首飾り」と呼ばれていたはずの首の横皺《よこじわ》のふかい溝《みぞ》に見え隠れする真珠のネックレス……。


空間、そして時間。

それらのいずれとも、彼女は乖離《かいり》していた。

当然ではあるけれど、そのことに最初に気づいたのは、彼女自身だった。この僕に、おそらく誰よりもさきに、それを教えてくれたのだ。

「どういうことなの？」僕は彼女に尋ねた。彼女に対峙《たいじ》するとき、できるだけ疑問を素直に投げかけることにしている。

「乖離という言葉が、わからない？」彼女は軽い口調できき返す。

「いや、そうじゃないよ」

「空間か、それとも時間を、把握《はあく》できない？」

「さあ……」僕はそこで少し可笑《おか》しくなった。「そもそも、把握できるものなのかどうかも、僕には明確に認識できないね。そうなると、疑問がどんどん疑問を呼ぶことになる。だから、それが雪だるまのように大きくなって……」

「そのうち、貴方自身も、その雪玉の中に入ってしまう」

「そうそう、そのとおり。できたら、転がしたくないね」

「空間は、空間を移動することによって、時間は、時間を移動することによって認識できるでしょう？」彼女は瞬時に話を戻した。「けれど、それらはごく初期の段階の認識であって、一旦確認されてしまえば、結局のところ、同列、同質、同様。頭の中に一度取り込んでしまえば、それらは単なる座標でしかない。つまり、数字」

「数字ね……、うん、そうともいえるかな」

「それに比べて、私自身は、私の頭の中には入らない」

「ああ、そうか。難しいだろうね」

「となると、どうしたって、取り残されてしまう」

「君が？」僕はきいた。

「そう」

「どこに？」

「ここに」

「それじゃあ、今の僕なんかも、取り残されているよ、きっと」

「どこに？」彼女は僅《わず》かに首を傾《かし》げる。

「空間でも、時間でもないところに」僕は答える。それは、いつも何かの拍子に思いつくこと、あるいは、どういうわけか、躰《からだ》が感じている、とでも表現できることだった。

「もう少しわかりやすく言うと、もしかしたら、君のいないところに」

淋《さび》しい物語ではないか。

そう、いつも、
最後には悲しくなってしまう。

だから、この話は、一度しか聞きたくない。

確か、彼女が五歳のときだったと思う。

彼女はそのとき、それ以上何も言わなかった。

もう話は終わったのだ。

いつも、彼女との会話は短い。

「なるほどね……」

彼女の前では、僕はとりあえず頷《うなず》いてみせるしかない。最後には、議論についていけなくなる。取り残されてしまうのだ。本当のところは、とても頷けるような内容ではなかった。きっと、僕が理解していないことを、彼女はすっかり見抜いていただろう。

そう、間違いない。

それなのに、こうして僕みたいな凡人につき合ってくれているのは、いったいどうしてだろうか。

「今の話は、内緒にしておいて」彼女は僕を見つめて言った。

「誰に？」

「お父様と、お母様に」

「何故？」

「ご心配なさるわ」

「わかった」僕は頷く。

彼女は、目を細め、にっこりと微笑むのだ。

それが他人に対して与える影響を、この当時の彼女が気づいていたかどうか、わからない。否、おそらく、とっくに認識してはいただろう。ただ、それ以後の彼女が、そんな些末《さまつ》なことを意識していたとは思えないだけだ。

いずれにしても、
彼女の微笑みは、僕をとても安心させてくれる。

それは、
優しさに溢《あふ》れているように、僕には見えた。

僕にだけは、そう見えた。

今思うと……、僕の観察だが、当時の彼女が、最も人間に近かった、と思える。

だから、
僕は、彼女のことが好きだった。

今でも、あの頃の彼女が一番好きだ。

彼女以外のことなど、何一つ考えたくなくなるほど、
彼女ばかりを見ていた。

それなのに……。

たとえるならば、それは天体の運行に類似《るいじ》している。たまたま、彼女の軌道と、僕の軌道が、最も接近する位置に、そのときの二人が存在しただけのこと。

つまり、偶然。

次の瞬間にはもう、僕たちは遠ざかる一方で、以後二度と、そんな近しい距離へ、そんな奇跡的な関係へは、戻ることができなかった。

第1章　透明な決意そして野心

「もどってくる！　もどってくるんだわ！」彼女は腕をふりあげて叫んだ。

縦長の鏡のなかで、ひとりの老女が息をはずませながら、彼女と同じ身振りをしていた。レアはふと考えた、この気違い女とあたしはなんか関係があるのかしら、と。

1

窓の外は常時、腐った動物の亡骸《なきがら》のような曇り空、それとも、太陽から遠く隔《へだ》たった惑星の大気だった。冷たい風が磨《す》りガラスを振動させ、秘密の信号を伝えようとしていたけれど、室内は寒くはない。コンクリートの壁も、リノリウムの床も、濡《ぬ》れているような冷たさを維持し、人工的に暖められた空気の充満に比べれば、むしろ触れることが心地良かった。病室に揮発《きはつ》した消毒臭の中では、ほとんどのものが陽気に感じられる。枯れかかった窓辺の花も、けっして読まれることなく放り出された真新しい書物も、ピエロのように陽気だ。廊下を歩く人間の難しく眉を顰《ひそ》めた顔つきも、それとも、茫洋として無表情な、あるいは、悲しげな放心さえも。

病棟の通路。

子供たちの高い声。

「静かにしてね」と作り笑顔で看護婦が忙しそうに通り過ぎる。

許される、許されない、を繰り返して、

ぱたぱたと安物のスリッパが床を叩《たた》いた。

彼女と僕の他に、いったい誰が耳を傾《かたむ》けていただろう。

そう考えただけで、僕たちは、否、僕は、楽しかった。笑みがこぼれそうになった。不思議な感情に思える。不思議だと思うこと自体が、実に不思議だ。それに、僕らしい。

少年たちが四人いた。いずれも入院患者だが、もうすっかり元気になって、すぐにもここから出ていく、つまりは解放寸前の爆発的な陽気さを持て余している魂たち。そもそも陽気さなんて、持て余す以外にどうしようもない代物《しろもの》なのだから、しかたがない。子供らしい素直さにはちがいないのだ。

長い真っ直ぐの廊下で、彼らは遊んでいた。誰が持ってきたものか、一つのビー玉を転がし、その運動を四人の目が追いかけている。

彼女と僕は、回廊下のほぼ中央、柱と柱の間の窪《くぼ》んだスペースに取り付けられた傘立ての上にのって、膝《ひざ》を抱えていた。背中が冷たいコンクリートに接していたから、まるでラジエータのような状態だった。二人は、静かに、そして冷たく、ビー玉のゲームを観戦している。

歓声を上げる子供たちは四人とも男子で、頻繁《ひんぱん》に彼女の方を見た。特に、自分のプレイが上手《うま》くいったあとには、彼女が見ていてくれたことを確認するのだった。

誰も僕のことを見ない。

僕の姿は、普通の人間には見えないのだ。つまり、傘立ての上にのっているのは、彼女一人だけだと、みんなは認識している。目に見えるもの、ただそれだけが存在するものだと信じているのだから、これもしかたがないだろう。むしろ、素直な精神といえなくもない。けれど、そのルールが正しいとすれば、目を閉じてしまえば何もかもなくなる。光が届かない場所では、何も存在しないことになってしまう。

人間はまず見る。次にそれに触れる。それが見えて、そして触れることが、それが存在することの確証、必要で充分な証明だと信じて疑わない。

ところが、最も身近な存在、たとえば、自分の存在はどうだろうか。自分の躰は鏡で見ることができる。自分の躰は、自分の手でいつでも触れることができる。しかし、自分という存在は、自分の躰だけではない。躰だけならば、死体と同じだ。死体には、既にその個人の人格は存在しない。自分という人格は、本当のところ、見ることも触れることもできないのだ。これが、他人の人格ともなれば、さらに遠くなる。本当に存在するものなのか、疑わしい。それなのに、それらがそこにあると、どうして人は簡単に認識するのだろうか。

「また、自分の存在について考えている？」彼女がきいた。

僕は溜息《ためいき》をついてから、彼女の方へ視線を向ける。

「どうしてわかったのかって、きこうとして、だけど、私がどう答えるかも予測できるから、溜息をついた」

「そう……、そうだよ」僕は頷いた。「つまらない、という顔をしていた？」

「貴方はいつも、そういう顔をしているわ」

「ビー玉は、素直で良いよね」僕は無理をして笑った。

通路の両側に少年たちが二人ずついる。彼らは掃除道具入れから持ち出した箒《ほうき》を手にしていた。それで、アイスホッケィのようにビー玉を弾《はじ》いているのだ。玉を転がし、相手側の防御をかいくぐって壁に到達させればゴール、という暗黙のルールがあるみたいだった。ビー玉は右へ行ったり左へ行ったり、彼女と僕の前を行き来している。

「面白いわ。一人がキーパになって、もう一人がフォアードになっている。防御と攻撃を自然に、手分けしている」面白そうに彼女が話す。「二人でチームを組めば、自然にその分担になるということかしら。それとも、単に、既成のスポーツの真似をしているだけ？」

「きいてみたら？」

「そうね……」彼女は頷く。それから、僕の方へ小さな顔を向けて首を傾げる。「つまらない？」

「いや、彼らに混じってビー玉を弾くよりは、こうして離れて見ている方が、ずっと興味深い」

看護婦二人がワゴンを押してやってきた。少年たちは、ゲームを中断して、彼女と僕のいる中央へ集まってくる。四人のうちで一番背の高い少年が、彼女の前に立った。あとの三人は、彼の後ろに控えている。誰も、僕を見ようとしなかった。

「四季《しき》さんに審判をしてもらおう」少年が自分の足許《あしもと》を見ながら言った。彼女と向き合っているのに、言葉は、後ろにいる仲間に向けられたものだ。彼らはいつも、こういった言い回ししかできないようだ。

彼女は五歳である。そんな小さな少女を「さん」づけで呼ぶのには理由があった。彼女が、彼らにそれを要求したからだ。少年たちは、彼女の言うことならばどんなことでも素直にきく。いつの間にかそうなっていた。

「それがいい」後ろの誰かが小声で言った。声を出すときには、顔を隠してしまう。

「どういうルールなの？」彼女は座ったままで尋ねた。

「えっと……」リーダの少年が顔を上げる。彼女の質問が嬉しそうだった。「ゴールに玉が入ったら一点」

「どこがゴール？」彼女はきく。

「向こうと」少年は振り返って指をさす。「それから、こっち」

「廊下の端《はし》？　端は全部ゴールなのね？」

「そうだよ」少年は頷く。他の三人も頷いた。

「わかりました」彼女は微笑んだ。「では、二人とも、いい？　キーパになった人は、両サイドを守る作戦が一番有効だと思うわ」

彼女のそのアドバイスが理解されたとは思えなかった。

「シュートをする人は？」後ろの誰かがきいた。

「相手が、前に出てきてから、最初のシュートをかわして、すぐに攻め込む」彼女は大人びた口調で話した。「何故、両サイドが危ないか、わかる？」

少年たちは顔を見合った。

「廊下の両サイドに当たった球は、そのままのスピードで跳ね返るわけではないの。ドアや壁の下の木材に当たれば、衝撃が吸収されて、完全には弾まないでしょう？　そうなると、確率的に、中央よりも、両サイドに近いコースを転がる可能性が高い。そうでしょう？　わかった？」

「俺は、なんとなく、わかるような気がする」リーダの少年が苦笑《にがわら》いした。

2

僕は、おおかたいつもはベッドで横になっている。足の方向に窓があった。窓の下半分は磨りガラス。高いところだけ、ガラスが透明だから、そこから見えるものは、空と、風で揺れている樹の枝と、そして、隣の病棟の屋上の一部。ときどき、誰かに窓を開けてもらうことがあるけれど、大きく開け放つことができる季節も天候も限られている。今までに六回しかない。僕が生きている間に、あと何回この窓が開けられるだろう。

僕は透明人間だから、包帯さえ外《はず》せば、誰にも姿を見られることなく、どこへでも勝手に行ける。けれど残念ながら、そんな体力が僕には残っていない。生まれたときから、体力なんてほとんどなかった。ずっと休んでいても、ずっと眠っていても、生きているだけで、考えているだけで、疲れてしまうのだ。

そもそも、こんな透明な躰になったのは、体力が足りなかったせいかもしれない。ほとんど消えている状態といっても良いだろう。人に見られるためには、光を反射しなければならない。それにはそれなりのエネルギィが必要だ。僕には、とてもそのエネルギィが出せない。だから、光は僕の躰を素通《すどお》りしてしまうのだ。

もちろん、服を着ているし、それに帽子を深く被《かぶ》っていることが多い。僕の両親は、僕が透明人間だということを隠そうとした。しかし、隠せば隠すだけ、人は覗《のぞ》き込もうとする。そこで、しかたなく、顔に包帯を巻くようになった。そうすれば、何故かみんな見なくなる。おそらく、見てはいけないものだ、という暗黙のルールが世間にあるのだろう。みんな、見ても見ない振りをするようになった。それが哀れみだと勘違いしているのかもしれないが、そんなことはどうだって良い。とにかく、僕は、何も気にしていない。

　だけど、どうして人は、人間の外形をこれほどまでに重んじるのだろうか。顔や躰の形や表面の色に、何故こんなに拘《こだわ》るのだろう。言葉では、人の尊厳は精神的なもの、心こそが大切だと誰もが口にするくせに、一方では、形状や色に対して、美しい、醜いという判断を誰もが例外なくしているように見受けられる。テレビに登場するアイドルたちは、何故、形で選ばれるのだろう？　どうして器の形が、これほどまでに人々を支配しているのだろうか。

　どんな童話でも、良い人間は皆、形も良い。醜いものが愛される物語もあるけれど、最後には、美しい姿に変わってハッピィエンドになる。そうならなければ、幸せは訪れないかのように。

僕は自分の躰の不具合をとうに諦《あきら》めている。否、不具合だと自覚していたわけではない。とにかく、社会には溶《と》け込めない、特殊な人間なのだと認識していただけで、そのことを特に不愉快だと思ったことはない。社会に溶け込むなんて、愉快なことだとはとうてい思えなかったからだ。

ところが、彼女が現れ、
彼女だけが、違っていた。

僕のところへ、彼女の方から会いにきてくれた。

ドアがノックされ、彼女が一人で入ってきたのは、二ヵ月ほどまえのこと。僕は、この少女を以前に見かけたことがあった。一度見れば忘れないだろう。しかし、僕は日頃、自分の部屋からはほとんど出ないので、何度も彼女を見かけたわけではない。彼女が誰なのかも知らなかった。病院の院長の姪《めい》にあたる、と後日知ることになる。年齢はまだ五歳。躰は細く小さい。いつも白いドレスを着ていた。とても人間とは思えなかった。本当に人形のようなのだ。背中に翼があるのでは、と連想してしまうくらいだった。

「こんにちは」ベッドの横まで来て、彼女は僕を見上げた。

「部屋が違うよ」僕はすぐに言った。ちょうど、本を読んでいるところで、上半身を起こしていた。

「お話をしても良いかしら？」

「僕と？」

「ええ」

「どうして？」

「ロビィに、貴方が描いた絵が貼り出されていたわ」彼女はすらすらと話した。とても幼児の口調とは思えなかった。最初は非常に違和感があった。

「絵？　ああ……」

僕は絵を描くのが好きだ。ときどき、体調が良いときに、絵の具を出して描き始める。何かを見ながら、そのとおりに描いたことはあまりない。すべて想像で、そう……、夢で見た光景を描くことが多いだろうか。でも、描き始めると、すぐに疲れてしまって、いつも中断する。あとになると、続きを描く気がすっかり失せてしまうから、絵が完成することは滅多《めった》にない。そんな中で、珍しく最後まで描けた絵を、検温に来た看護婦が見つけて、それをロビィに飾っても良いか、ときかれたのだった。僕はそれを承諾した。昨日のことだ。

「君は誰？」

「四季といいます」

「四季ちゃん？」

「ちゃんづけは好きではありません」彼女はそれを優しく微笑みながら言ったのだ。子供が見せる表情ではない。

「ああ、ごめん」僕は思わず謝《あやま》った。慌《あわ》てた、といっても良いだろう。「えっと、僕の名前は、知っているかな？」

「はい、ロビィの絵にもあったし、ドアの外にも書いてあるわ」

「絵に？　えっと、そうだったっけ……」

「あの絵は、ここで描いたのですね？」彼女は部屋をぐるりと見渡した。「夢で見たの？」

「え？」

「あの絵の光景を、夢でご覧になったの？　それとも、何かの物語？　何からあれを連想したのか、それが是非伺いたかったのです」

「夢で見た」僕は答える。

「あんなに鮮明に覚えているの？」

「まあね。こんな生活が長いから、夢も現実も、ごちゃごちゃに入り交じってしまうんだ。もしかしたら、病院にいるときの方が夢かもって……」

「貴方の思考は、とても正確だわ」

「そんなふうに言われたことはないよ」

「頭が良いって、言われない？」

「あまり」

「そう……、きっと、わからないだけ」彼女はくすっと笑い、それから首をふって髪を払った。「たとえば、今この病院にいる人の中で、貴方の頭脳が一番優れている」

「ありがとう。お世辞が上手いね」

「お医者様も院長も、婦長も、全部含めてよ」

「君は？」僕は可笑しくなってきき返す。「君も、普通じゃないね」

「ええ」簡単に彼女は頷く。「私は特別です」

「それは、うん、僕にもわかるよ」

「どうして、顔に包帯を？」

「いや……」僕は自分の手を口もとに当てる。「これは、その、事情があって」

「怪我？　それとも、何かの手術の痕？」

「違う、なんでもない。包帯なんて、本当はなくても良いんだ。これは、カバーだよ」

「誰に対する？　少なくとも、貴方自身には必要のないものでしょう？」

「そう……、うん、たとえば、部屋に突然入ってくる知らない人のために」

「私のこと？」

「そう」僕は頷いた。笑顔だったと思う。もちろん、それは彼女には伝わらない。

「必要ありません。驚かないから、包帯を外して見せて」

「いや、悪いことは言わない。無理をしないことだよ」

「無理？」彼女はくすっと吹き出した。「私が、無理を？」

「変わった子だね。知り合いになれて嬉しいよ」僕はジェントルな口調を装《よそお》って言った。本当のところは、とても緊張していた。精一杯の演技だった。

「絵をあそこに飾ったのは、阪元《さかもと》さんでしょう？」

「え？」僕は驚いた。

「阪元さんのことが好きなの？」

「えっと……、どうして？」

彼女は口もとを僅かに緩《ゆる》ませ、次に視線を僕から逸《そ》らせて、窓の方へ向けた。

阪元というのは、このフロアを担当している看護婦の名前である。確かに、彼女以外の人間から頼まれたら、あの絵を飾るようなことは承諾しなかっただろう。この少女が何を知っているのか、僕はいろいろ想像した。このときには既に、彼女はこの病院の患者ではなく、病院の関係者、おそらくは医師の娘にちがいない、ときどき、父親の職場へ遊びにきているのだろう、と想像していた。だから、看護婦とも顔見知りなのだ。阪元自身が、僕の絵のことをこの少女に話したのかもしれない。きっとそうだろう。

「私が、阪元さんと話をした、と考えたでしょう？」少女は僕の顔を見て言った。

「あ、そう……」僕は頷く。図星だった。「話したの？」

「ええ」

「どんなことを？　彼女、何か言っていた？」僕は尋ねた。

少女は、数秒間じっと僕を見つめていた。考えを読み取られているような、そんな気がして、僕は少し恐くなった。

「気をつけて」彼女は言う。

「何を？」

「何かなぁ」彼女は、小さく溜息をつき、大きく瞬《またた》いた。その一瞬で、何かを思いついたみたいだった。「自分自身をコントロールすることを忘れてはいけないわ」

「難しいことを言うね」

「そのとおり、難しいことです」そこで、ようやく彼女は微笑んだ。「ありがとう。もう行きます」

「そう……」僕は少し残念だった。

大きなドアを両手を使って開ける。そうした仕草《しぐさ》を見て、再び彼女がまだ幼い子供だということを思い出した。会話をしている間に、それをすっかり忘れていたのだ。

「また、来ても良い？」彼女は振り返って僕を見つめた。

「もちろん」僕は頷く。「またね、四季さん」

「今度は、顔を見せてね」

「それは……」

「私が驚くと思う？」

「うん、わかった」

このときには、少女はもう二度と来ないだろう、と僕は考えていた。

3

彼女が、時間や空間から乖離しているのと同様に、この僕も、二人の関係以外のものに興味がなかった。僕はいつも彼女を見ている。それはまるで、鏡の前に立っている自分と同じだ。鏡の前に立ったとき、自分以外に何を見るだろう。それと同じように、僕は彼女から目を離すことができなかったのだ。

彼女に近づいてくる他人を、たまに意識することがあったけれど、そういった場合にも、彼女の目を通して見ている。彼女がその人物をどう見ているか、どう感じたか、それを僕は必死に考える。

彼女がまだ小さかった頃は、僕はもっとさまざまなものに目を向けていた。彼女自身がまだ大人しかったし、大人たちも、彼女の本当の能力に充分に気づいていなかった。

とても頭の良い子だ、というくらいの認識がせいぜいだったのだ。人の想像力とはその程度のもの。

彼女の両親は、いずれも学者で、別々の大学に勤めていた。自宅にはほとんどいなかった。それでも、彼女は大勢の大人たちに大切にされた。まだろくに歩けない頃から、父親か母親が家に帰ってくる日を言い当てた。大人たちは驚いたが、彼女は僕にカレンダのことを教えてくれた。誰がどんな癖《くせ》を持っているか、ということも、こと細かく覚えていて、僕に聞かせてくれる。彼女は大人たちの前ではあまり口をきかなかったけれど、僕には、その大人たちの口調を真似《まね》てみせることもできた。

三歳になった頃には、さすがに両親も気づいた。その頃には、父親の書斎に入って、彼女は片っ端から本を読んでいたのだ。父親が、どの本が一番面白いか、と尋ねると、彼女はデスクの上に出ていたある分厚い本を指さした。

「椅子にのって、一度だけ読みました」四季は、日頃とは違う大人びた口調で父親の質問に答えた。「お父様はいつも、席を立たれたあとは、椅子をお戻しになりますから、そういう場合には椅子の上にのることができません。ただ一度だけ、お客様がいらっしゃったときに、椅子が横を向いたままでした。そのときだけ、私は椅子にのることができたのです」

「辞書のことか?」父親は目を見開いた。「どうして……」

「どうしてそれがそこにあることがわかったのか、とお尋ねになるのですね？」彼女は早口で話す。「そういった機能の書物が当然存在するだろうと思い至りました。書棚にない理由があるはずです」

「わかった」彼はそのままの表情で頷いた。「これは、そう、そういうものだ。では……、お前にやろう、いや……、どんなものでも、すべてお前のものだ。他に、欲しいものがあるかね？　何でも言いなさい」

「ありがとう、パパ」彼女は急に口調を変えて、にっこりと微笑んだ。

あとで、僕に彼女はこう話した。

「百科事典なら、もう全部のページを見たわ。でも、あそこには、物体の名前しかないの。たとえば、綺麗、明るい、早い、という言葉は載っていない。それらの言葉が、どんな広がりを持っているのか、どんな範囲の人たちに通じるものなのか、それが説明されている本があるはずだと思った。そうでなければ、初めて会った人に、どんな言葉を使えば良いのかがわからなくて、不便でしょう？」

数ヵ月で、彼女は、英語とドイツ語を完全にマスタした。辞書を一度だけ読めば、それが記憶され、いつでも瞬時に展開できる。しかし、語学の学習は、彼女にとっては片手間、あるいは余暇に属するものだ。彼女の一番の興味は、物理学あるいは数学だった。語学を学んだのは、物理学や数学の書物を読み進むうちに、ときどき言葉の概念の曖昧《あいまい》性やバラツキについて確認する必要があったからだ。

同じ年頃の子供を彼女は知らなかった。幼稚園に行くこともなく、また屋敷から出る機会もほとんどなかった。唯一の例外は、親族の家を訪問するときだった。血縁の子供たちの間でも、彼女は初めから特別扱いされていたので、一緒に遊ぶようなことはなかった。否、彼女はそもそも遊ぶという行為をしない。おもちゃには見向きもしなかったし、音楽や運動にもまるで興味を示さなかった。

五歳になった頃には、父親は彼女を大学へ連れていくことにした。四季はとても喜んだ。彼女の世話をする若い女性と一緒に、だいたいは図書館に一日中いた。大勢の人間が、彼女の噂を聞きつけ、わざわざ会いにきた。彼女は最初、誰とでも楽しそうに話を始める。しかし、五分ほどすると、急にしゃべらなくなる。相手が話している途中でも、突然下を向いて、読みかけていた本に視線を落とす。こうなるともう話は終わり。二度と顔を上げて、相手を見ることはなかった。会話を再開することは絶望的となる。同じ人物が二度目に会いにきても、一瞥《いちべつ》しただけで同じ状態になるので、つまりは、彼女と会話ができる機会は、一人一度きり、数分間しかない、ということが周囲に知られるようになった。それでも誰も、彼女のことを我儘《わがまま》な子供だとは思わない。そういった評価を超越していることは明らかだった。いったいどんな子供なのか、彼女が持っている能力はどれほどなのか、それを把握するにはどうすれば良いのか、誰もが知りたがった。しかし、もちろん、誰もそれに答えることはできなかった。

ある専門家は、彼女の能力が一時的なものだと予測した。頭脳の特異な発育によるものので、過去にも類似の事例があったと彼は述べた。一時的というのは、成長すれば、普通の大人になる、という意味と、彼女の生命が長くはもたない、という二つの意味があった。両親はそういった統計的予測を信じなかったが、医学的に可能な一応の検査は受けさせることにした。結果は特に問題はなく、ただし、医者は「今のところ」という言葉を使って結果を報告した。

六歳になると、彼女はいろいろなものを作るようになった。彼女自身がそれを「楽しい」と口にしたことはなかったが、その没頭の様を見ていると、作り出すことに楽しみを感じているように観察された。

頭脳は一流のエンジニアであったが、躰はまだ幼い子供である。両親は、彼女が怪我をすることを恐れ、電動の工具や、高熱を要する工作を禁止した。このため、四季の世話をしていた女性が、彼女の代わりにそれらの作業をしなければならなかった。ドリルを使ったり、ハンダ付けや溶接をさせられたのだ。最初は面白がっていたものの、横で細かく指示され、慣れない作業ゆえに上手くはいかない。失敗も重なった。ついに、この女性は、この役が自分には務まらないと申し出てきた。父親は娘を呼び、この事態について相談をした。

「はい、どなたか、別の人にお願いして下さい」彼女は即答した。「できれば、工学分野である程度の知識を有する方を希望します」

男性ではまずいと両親が判断したこともあって、そういった人材を見つけ出すことは難しかったけれど、父親と同じ大学で、大学院の修士課程を修了した森川須磨《もりかわすま》という若者が採用された。森川自身も、四季のことをよく知っていて、話を持ちかけると、是非自分にやらせてほしいと逆に懇願された。

森川が来るようになって、再び四季は電子工作に熱中し始めた。森川の専門は化学だったので、言われたとおりに部品を組み立てているだけであったが、それでも、以前に比べれば雲泥《うんでい》の差だ、と四季は僕に語ったことがある。

「どう？　森川さんは」と僕が尋ねると、

「便利」と彼女は答えた。

「そう……」その答が面白かったので、僕は吹き出した。「何か、彼女から得るものがあった？」

「少し」

彼女は下を向いて、本を読んでいる。起きている時間のほとんどは、何かを読んでいた。インプットをしているのだった。文字を自分で書くようなことはなかった。そういった必要が彼女にはないからだ。本は一度読めばそれで充分だったし、ノートに文字など書かなくても、彼女の頭の中に数式も図形も一瞬で展開できたのだ。

「少しって、たとえば、どんなこと？」僕はきいた。

「彼女の専門分野の一部。本には書いてないことが、まだまだあるようだわ。どうして、彼女のことがそんなに気になるの？」

「え、僕が？」

「ええ、気にしている。何故？」

「うーん、どうしてかなぁ。彼女が、可愛いからかなぁ」

「可愛い？」四季は顔を上げた。「どういうこと？」

「いや、言葉どおりの意味だけれど」

「貴方よりも、ずっと歳上だし、とびきりの美人だとも思えない。どういうところが可愛い？」

「仕草とか」

「どんな？」

「よそう、こんな話」僕は苦笑いをする。

「いいえ、続けて」彼女は真剣な表情だった。

「たとえば、君が何か難しいことを要求したとき、森川さんは、溜息をつく」

「そう、そして、右手をメガネか、前髪か、それとも耳もとへ持っていくわ。口の形はこんなふうになる」

彼女は、自分の顔で形態模写をして見せてくれた。

「そういうところ」

「こんなところが、可愛いわけ？　どうして？」

「わからないよ。なんとなく」

「不思議」

「へえ、君の口から、そんな言葉が出るなんて、うん、それこそ不思議だ」

「そう、まだまだ未知な事象が存在するようね」彼女は頷き、また書物へ視線を落とす。

「終わり？」

「ええ、終わり。頑張って」

「え？　何を、頑張るのさ」

それっきり、その日、彼女は口をきいてくれなかった。

4

二度目に彼女が僕の部屋にやってきたとき、ちょうど看護婦の阪元がいた。偶然とは思えない。たぶん、そのタイミングを見計らって入ってきたのだろう。

ドアのノックに僕が返事をすると、少女が入ってきた。

「あら、四季さん」ベッドの横に立っていた阪元は振り返り、驚いた顔をする。「どうして、ここへ？」

「お話をしに」

「え、私と？」阪元は不思議そうな顔をして、ようやく僕を見た。「それとも……」

「僕とだよ」

「なんだ、そうだったの」一瞬の間のあと、阪元は急いで作り笑いを浮かべた。「仲良しなんだね」

「仲良しという言葉、よく意味がわからないわ」少女はそう言いながら、阪元とは反対側のベッドサイドへ来る。「外に絵を描きにいかない？」

「うん」僕は頷く。「阪元さん、出ても良いかな？」

「そうね、中庭ならば……。今日はお天気も良いし、風もなさそうだから。でも、あまり長くは駄目ですよ。疲れないうちに戻ってね」

検温も終わり、阪元が部屋から出ていった。

四季は、僕のベッドの横に立って、じっとこちらを窺《うかが》っている。

「じゃあ、行こうか？」僕はベッドから下りようとした。

「違う」彼女は首をふる。

「え？　何が？」

「約束」

僕は思い出した。そして、少なからず落ち込んだ。

そうだ、包帯を取って、僕の顔を見せる、という約束だった。一方的に彼女が要求したことだったけれど、確かに、あのとき強く否定はしなかった。もしかしたら、彼女だったら許容してくれるのではないか、人の価値を形で判断せず、本当に大切なものは何か、を彼女ならば理解してくれる、と僕は考えた。否、そう望んだだけのこと。

だからこそ、たった今、彼女の青い瞳を見て、身震《みぶる》いがしたのである。

急に恐くなった。

「恐くなった？」彼女はきいた。心が読めるようだ。

「そう……」僕は素直に頷いた。「つまり、恐いというのは、君と、もう会えなくなることに対する恐怖だね」

「その心配はありません。見せてくれたら、私はますます貴方が好きになるでしょう。貴方の描いた絵を見たときのように、もっと貴方のことを知りたくなるわ」

「わかった」僕は一瞬で決心した。「では、一つだけ、僕の希望を言っても良いかな？」

「ええ、どうぞ」

「さきに、絵を描きにいこう」僕はそれを微笑みながら話すことができた。「そうすれば、僕にはもう失うものがない」

「良い判断だわ」彼女は嬉しそうに頷く。「そうしましょう」

僕たちは中庭に出た。

この病院には、中庭が二つある。病棟の平面形が漢字の「日」の形状だからだ。僕が出ても良い中庭は、北側にあるプライベートな方だった。どうして、プライベートかというと、こちらの庭には、一般の病室が一つも面していない。手術室、医療室、それに職員の居室などの窓だけなので、中庭を覗くような外部者がいない。院長や身内の人間以外に、ここへ出てくる者もいなかった。早い話が、僕は、そういった立場に置かれている、ということだ。だが、その状況に僕はすっかり慣れていたし、それに、隔離されていることも嫌いではない。自分一人でその場所が占有できるなんて、贅沢《ぜいたく》な環境ではないか。

周囲を建物で囲われているため、日差しは充分には入らない。しかし、寒くはなかった。そろそろ桜の季節だが、この庭にも、大きな桜の樹が一本あって、既に無数の小さな蕾《つぼみ》をつけていた。

僕は画板に画用紙を貼りつけ、絵の具をベンチの上で広げた。彼女は座らず、僕のすぐ横に立った。

「世界がこれくらい狭かったら、いろいろなことが簡単だっただろうね」僕は筆に絵の具をつけながら話した。

「これくらいって、このお庭くらい？」

「ちょっと無理かな」

「この広さでは、人を一人生かすことは無理でしょうね」

「じゃあ、もう少し広くても良い。人間の数は、せいぜい、そうだね、百人か二百人くらいで充分なんじゃないかな」

「何に対して充分なの？」

「何かな……」僕は絵を描きながら考える。「まとまり、というのかな。平和に生きていくための、最低限の単位というか」

「目的は？」

「目的ね……」僕は首をふった。「さあ、何だろう」

しばらく、二人とも黙っていた。

僕は絵に集中した。

下書きはしない、最初からどんどん色を着けていく。

波打つ草原、遠くまで続く丘陵。

その草原に、黒い船が浮かんでいる。

空は宇宙、したがって真っ暗。

夜には、どこも宇宙へ還る。

月が引力を嫌って遠ざかろうとしている。

草原の船には、男の子が一人、
立ったままで乗っている。

片手にナイフを持っていた。

その彼の足許に、女が俯《うつぶ》せに倒れている。

僕は、その女の背中に、赤い絵の具をのせた。

「その子が殺したの?」少女が横から尋ねた。

「たぶんね」僕は頷く。

「どうして、殺したのかしら?」

「彼女しか、殺せる人がいなかったからじゃないかな」

「その世界には、二人しかいないってこと?」

「そうだね」僕は頷いた。「悲しい?」

「いいえ、自然の摂理に近いわ」

そのとおりだ、と僕も感じた。

やはり、彼女は特別だ。こんなに理解してもらえるなんて初めてのことだった。とても嬉しかった。ロビイに飾られている絵は、たまたま平和な絵だったけれど、だいたいいつも、人や動物が死んでいる絵を描いてしまう。僕にとっては、そちらの方が普通なのだ。

「こういう夢を見たの？」彼女はきいた。

「そう」

「二人だけの世界だったのね？」

「そう。だけど、彼女を殺して、一人になった」

「彼女に相談をしたのね？」

「もちろん」僕はにっこりと微笑んだ。「僕の方が死んでも良かった。そちらの方がずっと簡単だけれど、それには、彼女がうんと言わなかった。自分は残されたくない。自分の方がさきに死にたい、と彼女にお願いされてしまったんだ」

「でも……、貴方は、そうなることを、ちゃんと予想していたでしょう？」

「確かに」彼女の言うとおりだった。

5

森川須磨は良い意味で野心的な人物だった。彼女は、四季の才能に憧《あこが》れていたし、それが自分にも良い影響をもたらすと積極的に考えていた。四季は、日に日に有名になり、それに比例して、森川も自然に知られる存在になった。いつも彼女と一緒にいるのだから、当然の結果だが、これを森川が予想していたことは間違いない。そういった計算高いところが彼女にはあった。しかし、四季自身は、計算高い人間の方が「便利」だと、僕にもらしたことがある。

彼女の両親と、森川の意見が対立するようなことも何度かあった。僕の観測では、森川があまりにも四季に接近し、まるで彼女の保護者は自分だというような態度を取ることが目に余る、と両親は感じたのだろう。それは、ある種の嫉妬《しっと》に近い感情が密《ひそ》かに入り混じっていたかもしれない。表面上は、穏《おだ》やかな口調で、ここをこうしてほしい、もっとこうしてもらえたら嬉しい、というような要求がなされ、森川はもちろん素直にそれを受け入れた。表向きは、そのとおりだったけれど、両者の考えていることは、手に取るように伝わってきた。

母親は森川を辞《や》めさせようとしたことがある。それは、実現しなかった。確固とした理由がなかったし、代わりになるような人材がすぐに見つかるとは思えなかったからだ。その頃には、四季の学業や、その他のプロジェクトがいろいろ同時進行していて、スケジュールもかなりハードになりつつあった。どれも遅らせるわけにはいかなかった。そのことを、別のルートから小耳に挟んだので、僕は四季とその点について話し合ったことがある。

「お母様が森川さんを辞めさせようとしたんだってね」

「そう。二度目ね」

「ああ、まえにも、それらしいことを言っていたね。今回の理由は？」

「単に、気に入らない」

「お父様が、辞めさせることには反対したんだね？」

「でしょうね」

「親しげにし過ぎる、ということかな」

「そう見えるのは、見る方にも責任があるわ」彼女は淡々と話す。「どちらでも良いこと。放っておけば良いのに」

「何を？」

「森川さんが自分の利益のために動いている、とお母様は考えているのでしょうけれど、自分の利益のために動かない人がいる？　それが見えるか見えないか、の差。むしろ、森川さんの場合は、それがわかりやすい。その方が安全だ、と考えられないものかしら」

「なかなか、そうは割り切れないと思うよ」

「そうみたいね。私も期待はしていない。お母様の判断は、実はとても優しいものだし、それに正しいわ」

「正しい?」

「正しいなんて、その程度のものです」僕は質問した。

「君自身は、どう考えているの?」

「お母様のこと? 森川さんのこと?」

「どちらも」

「お母様は、優しい方だと思うわ。森川さんのことは、何も考えていません。余計なこと。考えるだけ無駄」

「森川さんが、将来、君や、君の家族に不利益になるようなことはない?」

「そうなるまえに、破綻《はたん》するでしょう」

「何が?」

「森川さん自身が」四季は片手で髪を払った。最近、彼女は髪を伸ばしている。「見込みが甘いし、防御が脆弱《ぜいじゃく》だわ。いつまでもつかしら」

「放っておくの?」

「面倒」

「可哀想に……」僕は溜息をついた。

「そうね」彼女は僕を見た。「どうにかしてほしい?」

「いや、もう……」僕は首をふる。「いいんだ」

「森川さんが好きなの？」

「そんなことはない」

「このまえ、可愛いとか、言っていたから」

「ぬいぐるみだって可愛いし、君が今履いているスリッパだって可愛いよ。でも、抱き締めるほど好きじゃない」

「もし、私が、森川さんを殺してほしいと、貴方にお願いしたら、どうする？」

「そんなことを、君が頼むはずがないだろう？」

「どうする？」

「そうだね……」僕は考えた。いろいろなシチュエーションが頭に思い浮かんだ。「即答はできないな」

「即答できるような問題じゃないわ」

「僕は君のことが好きだよ」

「それが答？」

「うん」

「ありがとう」

6

窓ガラスに魂を奪われた太陽が、中庭の隅《すみ》を照らしていた。
空気は慣性によって適度に流れている。
設備のモータ音が低く鳴り響く。それ以外には、聞こえない。
たった今描いたばかりの草原の静寂に似ていた。
そして、
ここには、僕と彼女の二人だけ。
僕は、ベンチに腰掛け、
彼女は、僕の前に立ち、僕を見つめている。
どうすることもできなかった。
僕は、包帯を外す。
ゆっくりと。
空気のように。
僕の顔を、彼女に見せた。
見えなかっただろう。

空気のように。

誰にも、僕は見えないはず。

たとえ、彼女でも。

彼女が、何者であっても……。

沈黙。

無音。

僕は、途中で手を止めた。

もう充分だろうと思ったからだ。

顔の半分が、既に露出している。

もう、後戻りできない。

けっして、取り返せない。

「どうして、やめるの?」

「もう、いいんじゃないかと思って」

「全部取って見せて」

しかたがないので、残りの包帯も外した。

顔に新しい空気が当たる感触があった。髪が動いて、皮膚に触れる。いずれも新鮮な感覚にはちがいなかったけれど、そんな悠長な気分ではない。僕の鼓動は極めて速く、手には汗をかいていた。取り去った包帯を片手に握り締め、僕は精一杯力を込めて彼女と向き合った。

静かだ。

空間が、
止まって。

時間が、
黙って。

四季は、表情を変えず、
軽く微笑んだまま、
僕を見据えている。

僕は、何か言おうとして、唇が震えた。

「ありがとう」彼女は優しく言った。

「何が?」

「貴方と会えたことが、嬉しいわ」

「どうして?」

「触っても良い?」彼女はきいた。

「何に?」

彼女の小さな白い手が、僕の顔へ近づいた。

僕は、一旦、後退した。

でも、
思い直して、彼女を受け入れた。

彼女の手が、僕の頬に触れる。

震えていた。

震えているのは、僕の方だ、きっと……。

もう一方の手も、僕の頬に触れた。

僕は、じっとしていた。

躰中に力が入っていた。

力を入れれば、僕の姿が、彼女に見えるようになるかもしれない、と考えたのか。不思議だ。生まれて初めて、人に見られたいと思った。

四季はそっと手を離す。

「思ったとおり」そう呟《つぶや》いて、僕を見つめている瞳を一度閉じた。そして、再び目を開け、今度はそれを細めて、にっこりと微笑むのだ。

「感想は？」どうにか冷静さを装って、僕は押し殺した声で彼女に質問した。

「私には、貴方が見えるわ」

僕はその言葉を聞いて、感電したように躰が震えた。もう一生、彼女に従おう、彼女のために生きよう、何もかもを彼女に捧げよう、と一瞬で決断した。

第2章　殺意と美の抽象

「美しい、か」サロンにあがりながらレアは心のなかでつぶやいた。「いいえ、もうそうは言えないわ。今じゃ顔の近くには白い布をもってこなくちゃならないし、下着や部屋着は淡い薔薇色でなければだめ。美しい、か……まあ、そんなものたいして必要じゃないのよ、もう……」

1

少年たちがゲームをしている通路に看護婦が二人やってきた。審判の合図がなくても、ゲームは自然に中断となった。片方のゴールだった通路の端のドアを、看護婦の一人が開けようとする。もう一人は、両手に段ボールの箱を抱えていた。薬品のようだった。

「開かないよ」

「え、どうして？」

一人がドアをノックする。荷物を持っている看護婦は、振り返って、少年たちに意味もなく微笑みかけた。

しかし、部屋からは誰も出てこなかった。もう一時間以上もまえから、少年たちはこの場所で遊んでいる。僕も、そして四季も、彼らにつき合ってゲームを見物していた。そのドアの中へ入っていった者は見てない。時刻は朝の九時だった。

「まいっちゃうよなあ」看護婦が舌打ちする。「誰か、中で寝てるってことか？」

もう一度、ドアを叩く。階段を上がってきた白衣の男性が、彼女たちの近くまでやってきた。

「何の騒ぎ？」男はきく。鬚《ひげ》を蓄《たくわ》えていた。よく見かける顔だ。着ているものから、医師だとわかる。僕は名前を知らない。

「いえ、先生、何でもありません。ちょっと、部屋が開かないだけです。大丈夫です、鍵を持ってくれば……」

「鍵？」荷物を持った看護婦が言った。「そんなの、どこにあるの？」

「婦長にきいてくる。待ってて」

看護婦の一人が階段の方へ立ち去った。鬚の医師も通路を反対側へ歩いてくる。途中で、僕たちに微笑みかけた。

少年たち四人は、自然に僕たち二人のところへ集まった。通路の端に一人残された看護婦は、今は足許に段ボール箱を下ろし、腰に手を当てていた。こちらを見ているが、何も言わなかった。他には、誰もいない。

この通路には病室は面していない。倉庫に使われている部屋、給湯室。職員の宿直室、などが並んでいる。もう片側には中庭に面した窓が高い位置にある。ガラスには水滴が無数に付着し、ときどき幾つかが風で動いた。急に動こうとして、震えているようだった。

「あそこは何の部屋？」四季がきいた。もちろん、僕はそれを知らない。

「えっとね……、ううんっとねぇ」一番背の低い少年の一人が口籠《くちご》もる。

「お前、知ってんのか？」リーダ格の少年がきいた。

「あるよ、入ったこと」彼は顎《あご》を上げ、そして、四季の顔を一瞬だけ見た。「ベッドがあってね、机があってね、あと、箱がいっぱいあってねぇ……」

「だから、何の部屋なんだよ」

「いいわ、もうわかった」彼女が制する。

看護婦が階段を駆け上がって戻ってきた。黄色いプラスティックのプレートに沢山の鍵がぶら下がっている、それを片手に持って鳴らしていた。

「誰が締めたわけ？」待っていた看護婦が箱を持ち上げながらきいた。「いちいち締める決まりになったとか?」

「わかんない」そう答えながら、ドアのロックを外す。

彼女がドアを開け、荷物を持っている看護婦をさきに中へ入れた。

その直後に、音がした。

さきに入った看護婦が後退して、戸口に立っていたもう一人にぶつかったようだ。

声にならない音。

持っていた箱を慌てた素振りで戸口の床に置く。

二人は、再び部屋の中へ入っていった。

静寂。

少年たちは、そちらを眺《なが》めている。いつになったら、ビー玉のゲームが再開できるのか、それが彼らの関心事だったが、少しずつ、その場の異様さに気づき始めていただろう。

まず、一度ドアが閉められた。

と思うと、すぐに一人が出てきた。明らかに困惑した表情、そして慌てている。こちらを見ようともしない。階段を下りていった。

次に、もう一人も外に出てきた。荷物を持っていた方の看護婦である。辺りを窺うように見回す。僕たちがいる場所は十五メートルほど離れていた。彼女は、後ろ手にドアを閉め、少年たちに半分ほどの距離まで近づいた。どうして、半分なのか。そのドアから離れたくない、しかし、実際には離れたい、そんな躊躇《ちゅうちょ》が感じられた。

「あのね、ごめんね。どこか、他のところへ行って、遊んでもらえないかな？　ここは、ちょっと駄目だから」

「どうして？」

「ごめんね……。えっと、向こうから、下りていって……。そうだ、ロビィで遊んだら、どう？」

「ロビィは、みんなの迷惑になるから駄目だって言ったじゃん」

「とにかく、言うことをきいて、お願いだから」

そういったやりとりがあった。少年たちは、通路を歩いていく。問題の部屋からは離れる方向へ。傘立ての上に座っていた四季と僕も、そこから下りた。

もう看護婦はドアのところまで戻っている。その前に一人で立っていた。誰かを待っているようだ。

少年たちは通路の端まで行き、その回り角で、僕たち二人を見た。でも、すぐに見えなくなった。そちら側にも階段があって、吹き抜けのロビィへ下りていける。

僕も諦めて、そちらへ向かおうと思った。

しかし、四季が動かなかった。

「どうしたの？」僕は彼女に尋ねる。

「ここにいてはいけない、理由がないわ」

明快な回答だ。

なかなか誰もやってこない。

ドアの前の看護婦は息を大きく吸い込み、何度も溜息をついている。ときどき、こちらを見るものの、もう何も言わなかった。

四季は、彼女の方へ近づいていった。

「部屋の中に何があったの？」四季が質問する。

「ええ……、あの、ごめんなさいね。あとで、院長先生におききになってもらえませんか」看護婦は丁寧な言葉で答えた。

「見ては駄目？」

「駄目です。そんなことをしたら、私が叱《しか》られます」

「誰に？」

「ごめんなさい。どうか、無理をおっしゃらないで下さい」

「誰かが死んでいたのね？　誰？」

看護婦は目を見開く。

髪の短い、痩《や》せた女性だ。まだ若い。その看護婦の名前を僕は知らなかった。言葉がなかなか出てこない様子で、睨《にら》みつけるような目と、誤魔化《ごまか》して笑おうとしている口の形がアンバランスだった。まるで、子供の描いた絵のように。

「どうして……」看護婦は、口もとに手をやる。

「誰なの？」四季は彼女を見上げている。冷たい口調だ。

「阪元さん」看護婦はそう答えると、ふっと短く息を漏らし、目から涙をこぼした。

「どうして、こんなことに……」

「つまり、殺されたのね？」

「お願い、もう……」顔を紅潮させ、看護婦は首を左右にふった。

「見ては駄目？　私、死んでいる人間を一度も見たことがないの。是非、見てみたい」

「駄目です！」

「何をそんなに興奮しているの？」

「お願いだから……」看護婦は泣きだした。

階段を上がってくる数人の足音が聞こえる。

「もう、行こう」僕は四季に言った。「死体なんて、見たって同じさ」

「何と？」

「生きている人間と同じだと思うよ。少なくとも動物は、みんなそうだろう？　死んだ直後は、何も変わりがない」

「全然違うわ」

「違わないよ。とにかく、行こう」

僕たちは、歩き始めた。大人たちが階段を上がってきたからだ。院長はいなかったが、四季の叔母である婦長の姿があった。あとは、若い医師が一人、看護婦が三人。遅れて、事務の職員が一人。

通路を反対側へ向かって、僕たちは真っ直ぐに歩く。途中にビー玉が落ちていた。少年たちが忘れていったものだ。四季がそれを拾い上げた。

「変ね」彼女は呟く。

「殺されたのに、ドアに鍵がかかっていたこと？」

「いいえ」彼女は首をふる。「死体なんて、見慣れているはずなのに、どうしてあんなに取り乱しているのかしら」

「それは、つまり……、同僚だからだよ」

「それだけの理由で？」

「あとは……、そう、予期せぬ、突然の死だったからかな」

「心の準備がない、という理由？」

「たぶんね」僕は頷いた。

「どうして、それくらいの準備ができなかったのかしら」四季は言った。「人は、いつかは必ず死ぬのに」

2

僕は透明人間だから、ときどきそれを利用する。包帯を外して、裸《はだか》で部屋の外に出ていくことがある。

誰にも僕は見えない。だから、誰にも気づかれないまま、好きなところへ行けるし、どんなものも、内緒で観察することができる。もちろん、そんな必要に迫られることは滅多《めった》にない。姿を隠さなくても、だいたいのところへは行けるし、相手に気づかれないように、盗み見ることもできるだろう。

けれど、たとえば、内緒の話をしている人たちに近づくことは、姿を見られていてはできない。すぐに内緒話をやめてしまう。そういう場面に出会うと、いったいに何の話をしていたのだろう、と知りたくなる。もしかしたら、僕の悪口を言っていたかもしれない。なんとなく、こちらを窺ったあの目が、そんな嫌な感じだった。そういうことって、誰にでもあるのではないだろうか。

そこは、僕の好きな部屋の一つだった。

僕の病室から、階段を下りていくと、人気《ひとけ》のない通路の手前、階段に近いコーナにその部屋がある。いつもドアの鍵が開いていて、中には誰もいない。ひっそりと、動かない空気、少し異臭がするけれど、それがなんとなく懐《なつ》かしい。古い木製の棚が壁に整列している。並んでいるのは薬品の箱、そして、ガラスに入った標本の類《たぐい》。本ものなのかレプリカなのかわからない。そして、部屋の真ん中にはやはり木製のテーブルが二つ並べてある。その上にも沢山の箱が積まれている。机の下にも段ボール箱が幾つかあった。隅には、ベッドが一つだけ。どこかの病室で余ったものか、それとも不都合のある半端物かもしれない。

この部屋の中に、僕はときどき入った。そこの少し暗くて、しんと静まり返った雰囲気が気に入っていた。あるとき、僕がその部屋にいると、外の通路から足音が近づいてくるのが聞こえた。ドアを開けようとして、そこで立ち止まった。

僕はどうしようか困った。出入口は通路側のドア一つしかない。この部屋には窓もない。ただ、ドアの手前に衝立《ついたて》があるので、開けても、すぐに部屋を一望することはできない。隠れる場所といったら、部屋の真ん中に置かれているテーブルの下だけだった。

とにかく、迷わず、僕はそこへ躰を滑り込ませた。

ドアを開けるまでに、数秒間のタイムラグがあった。何らかの躊躇があったものと思われる。ひそひそ話をする声が聞こえ、ドアが開いた。

入ってきたのは、女、そして男。

男は、ドアの鍵をかけた。それは音でわかった。ドアのノブにあるレバーを倒したのだ。外から開けられないように。

僕はテーブルの下に隠れて、二人の足だけを見ていた。女は看護婦だ。白っぽいストッキングに白いシューズ。男は、グレィのズボンに茶色の革靴だった。白衣の裾《すそ》も見える。

二言、三言話したあと、二人は接近して向き合ったまま黙った。そのあと、二人は十五分ほど、その部屋にいた。僕は一部始終を見ていた。もっとも、視界に入る一部分だけだが。

息を殺し、じっと動かないようにしていた。

ときどき、目を瞑《つむ》って、暗闇の中へ自分を追いやった。

しかし、耳は塞《ふさ》ぐことができない。二人の息づかいだけが聞こえてくる。僕が隠れているテーブルに、彼らが近づいたこともあった。

どういうわけか、僕はそれでもしだいに冷静になった。困惑し鼓動が速かったのは最初だけのことだ。そのうち、目の前のこの事態について、何がどうなっているのかを把握し、それをこれからどう処理すれば良いのか、という検討の対象として、客観的に捉えることができた。

そんなふうになれたのも、僕の躰が透明で、過去にもこれに似た状況に身を置いたことがあったせいだと思う。二人は、僕の存在に気づいていない。僕は、彼らの秘密の場所に、人知れず入り込んだウィルスみたいなものだ。その立場を認識すると、何故か僕は落ち着いた。

このときは、しかし、僕は服を着て、顔には包帯を巻いていたのだから、もし出ていったら姿を見られてしまっただろう。そうなってはまずい。彼らは驚くにちがいない。別に驚いても良いのだが、向こうは知らないのに、こちらは知っている、という優位さは失われてしまう。切り札は使ってしまったら、お終《しま》いだ。

それだから、静かに息を殺して、僕はじっと耐えていた。

僕のすぐ近くにいる二人が誰なのか、それはすぐに判明した。男性は、浅埜《あさの》という名の鬚を生やした三十代の医師。よく見かける顔である。僕の病室にも幾度か代理でやってきたことがあった。

そして、女の方は、看護婦の阪元だった。

3

その夜までに、事件に関する情報のほとんどを入手することができた。大人たちが話していることに耳を傾けているだけで、特に質問をすることもなく、あらましがわかった。

阪元美絵《みえ》というのが、殺された看護婦の名前である。問題の部屋は、病院の二階の北西の角にあって、資料室と呼ばれていたが、実際には資料だけでなく、雑多な物品が納められ、倉庫として機能していた。この部屋は通常は施錠をしない。危険な薬品が保管されているわけでもなく、また、建物のこの一角には、一般の患者はほとんど近づく機会がないためだった。部屋の大きさは、五メートル四方ほど、ほぼ正方形の形状をしている。一面の壁のほぼ中央にドアが一つ。それ以外には窓もない。小さな換気扇《かんきせん》がある以外は、空調設備もなかった。

この部屋の奥の床に、阪元美絵は倒れていた。死亡して数時間が経過している、と診断された。彼女は白衣ではなく、普段着で、セータにジーンズで、衣服に乱れもなく、唯一、首を絞められた痕《あと》だけが鮮明だった。

前日の昼間が彼女の勤務時間で、夕方には友人とともに院外へ食事に出かけている。最後に彼女を目撃したのも、同僚の看護婦であり、それは深夜の十一時近く、病院のロビィで雑誌を読んでいる彼女だった。看護婦の寮は病院と隣接しているため、勤務外の者がこのように病院内にいることは日常的な光景といえる。

一方、資料室に立ち入った者の中では、夜勤の看護婦の一人が最後だった。彼女は、夜中の一時近くに、資料室へ事務用品を探しに入った。照明を灯《とも》し、部屋の中に一分ほどいたという。このときには、もちろん異状はなかった。したがって、阪元美絵が殺されたのは、それ以降ということになる。死亡推定時刻として、夜中の一時から三時頃という範囲が示されていた。

翌日、四季の父親が迎えにきて、僕と四季の二人は、電車に乗って彼の大学へ出向いた。いつものように図書館へ直行する。四季は先週の続きで、電子工学関係の学術雑誌のバックナンバに取りかかった。僕は退屈だったので、ときどき森川須磨と短い会話を交わした。驚いたことに、彼女は昨日の事件、つまり四季の叔父の病院で看護婦が殺された事件のことを、非常に詳しく知っていた。彼女がどこからその情報を得たのか、それは大いに不思議だったけれど、この点については、ひとまず心に留めて、彼女には尋ねなかった。いずれ検証してみたい、と僕は思った。

「あの部屋には鍵がかかっていたんだよ」僕はそれを森川須磨に教えてやった。彼女の話には、重要なその点が欠落していたからだ。

「鍵がかかっていた？」森川はテーブルの向こう側で眉を顰める。「どういうこと？誰が鍵なんか……」

「みんな、見ていたんだ、その部屋の前で遊んでいたから」

「殺人現場の？」

「そうだよ」

「へえ」感心した、という森川の表情だった。「鍵がかかっていた……、部屋のドアにね……。ということは、殺した人が、鍵を使ったってことね？」

「それとも、殺された人が、中から鍵をかけたか」僕は言った。「死《し》に際《ぎわ》に、それをした、ということ」

「でも、首を絞められたのでしょう？」森川は目を細める。難しい顔をしたときの彼女はなかなかチャーミングだと僕は思う。「首を絞められたのに、ドアの鍵をかけにいける？」

「つまり、一度は気を失って、犯人も彼女が死んだものと判断して、その場を立ち去った」僕は説明する。「ところが、一旦意識が戻って、恐怖のあまり部屋のドアに鍵をかけた。そこで再び意識がなくなり、そのまま死んでしまった、という場合だね」

「凄《すご》いことを考えるのね、貴方」森川は頷きながら、少しだけ微笑んだ。「だけど、そんなことが、窒息死でありえる？　過去に例があるの？」

「ないと思うわ」本を読んでいた四季が突然話に加わった。ただし、顔を上げることはなく、下を向いたままで、読書を中断したわけではない。「倒れていた場所は、部屋の一番奥だった。ドアからは遠い位置。それから、あの狭い部屋の状況から判断して、襲《おそ》われた人間が、意識が戻ったときにとる行動は、助けを求めることではないかしら？　ドアの鍵をロックするのは逆だと思う」

「もう、襲われたくなかったんだよ」僕は反論した。

「いずれにしても、刺傷ではないのだから、そういった死に方はまずありえないでしょう」四季は簡単に言った。

「それじゃあ、鍵をかけたのは、やっぱり犯人で、つまり、外に出てから鍵をかけたってことになるね」僕は話す。「そうだとすると、部屋のキーが必要になって、それが使える人間となるから、かなり限られてくるんじゃないかな」

「もともと、可能性は極めて限られています」四季は言った。「ああ、でも、馬鹿馬鹿しい。あまり考えたくない内容ね」

「そうかな……」僕はもっと反論したかった。森川の顔を見ると、彼女も首を傾げている。「事務室か、ナースステーションにあった鍵束を使わないと、資料室のドアをロックすることはできなかったかもしれない。確かに、その場合は、それを借りられる人間、鍵束を持っていっても不自然ではない人間ということになって、犯人は病院の関係者だってことに限定される。だけど、そもそも何故、部屋のロックなんてしたんだろう？　殺してしまった人間を隠そうとした、というには、あまりにも効果がないよね」

「そうね」森川須磨は頷いた。「どちらかといえば、鍵がかかっていたら、逆に怪《あや》しまれるくらい」

「中に入る目的で来た人間なら、開かなければ、鍵を取りにいって、中に入るだけだよ」僕は説明する。「つまり、ドアにロックがされていても、入室を拒《こば》むことはできない。たかだか数分遅らせるだけの効果しかない。それなのに、何故、犯人は部屋をロックした？」

「その洞察は、良い点をついている」四季がおかしそうに言った。

「え？　どういうこと、君は、もう何か結論を得ているの？」

「面白いから、続けて」四季はますます口もとを緩めた。「貴方の論理を聞いている方が愉快」

「愉快？　へぇ、珍しいことを言うね。君が愉快ならば、僕はとても嬉しいよ。よし、では続けよう」僕は両手を広げてみせた。「ただし、あとで、絶対に君の意見をきくからね」

「今の、効果がないっていう部分だけれど……」森川は指でメガネを押し上げる。「たとえば、その部屋の前で遊んでいた子供たちが、中に入るようなことならば、阻止できたわけでしょう？　何かの拍子に見つかってしまう可能性はあったわけで、そうなると、たとえば、逃走に必要な時間、それとも、あとの処理に必要な時間がなくなってしまう。それで、すぐには発見されないようにしたい。そう考えると、鍵をかける意味も、それなりにあったんじゃないかって思うんだけれど」

「いやいや、それは違うよ」僕は首をふった。僕も少し楽しくなってきた。こうした議論は、事件の当事者には失礼だが、論理の構築、あるいは仮説の比較という点では、確かに四季が言ったように愉快かもしれない。人間というのは冷酷な生きものではないか。「僕の見ていたかぎりでは、少年たちがあの部屋に入るようなことは過去に一度もなかった。通路側からは窓もなく、ドアにもガラスがない。何の部屋だという表示もない。なんとなく入りにくい部屋なんだね。少なくとも、部外者が間違えて入るような場所でもない」

「でも、そんなことは、犯人がどう認識しているのか、という問題であって、事情をよく知らない人物だったら、そういった的確な判断もできなかったわけでしょう？」森川は言う。「殺人を犯したあとに、その場に鍵をかけて、ひとまず部屋の中の忌《い》まわしいものを隠蔽《いんぺい》してしまおうという気持ちは、私には、そんなに不自然だとは思えないわ」

「その議論をこれ以上続けても、意味はあまりないだろうね」僕は微笑んだ。「人間の行動なんて、必ずしもいつも合理的なものではない。あとから、どうして自分はあんなことをしたのだろうって思うことばかりだ。とにかく、何故鍵をかけたのかという問題は、ひとまずおいておいて、それよりも、その鍵をどうやって持ち出したのか、という点から考えてみてはどうだろうか」

「私が聞いた状況では、鍵はわりとしっかりと管理されていて、部外者が勝手に持ち出して、合い鍵を作ったりするようなことは難しいだろうって聞いたんだけれど……」森川が話した。

　かなり詳しい情報を彼女は知っているようだ。

「誰からそれを聞いたの？」四季が質問した。相変わらず彼女は下を向いて本を読んでいる。本を読みながら、僅かなタイムシェアで、人と話ができるのだ。彼女にとってはごく普通のことだった。

「真賀田《まがた》教授よ」森川は答える。真賀田教授というのは、四季の父親のことである。四季の母親も教授であるが、旧姓で呼ばれている。

　四季はそれを聞いても、何も言わなかった。森川須磨は四季の様子をしばらく見守っていたが、小さな溜息をついて、それを諦めた。

「鍵を持ち出すことが難しければ難しいほど、それを使った人間が特定できる。おそらく数人、多くても十数人。そうなると、その中から、阪元さんを殺す動機を持った人間を見つけ出すことは、とても簡単だ」僕は話を戻した。「そして、それくらい、犯人だってわかっていそうなものだ。僕が言いたいのは、まさにそこで、そんな状況下においてて、どうして、わざわざ鍵なんかかけたんだろう、という点。まさか、推理小説にあるような密室趣味というわけでもなし、ちょっと考えられないじゃないか。だって、犯行の時刻は夜中なんだから、辺りは静まり返っていた。ドアをそっと閉めることはできても、ほら、鍵っていうやつは、バネがあるからね、ゆっくり回しても、最後で予想外に大きな音を立てるものだよ」

「そうね、そう言われてみれば」森川は頷いた。そこまでは考えていなかった、という顔である。

僕は四季の様子を窺った。

彼女はまったくの無表情のまま、目は、書物のページをスキャニングしている。非常に速いペースでページを捲《めく》っていた。まるで、コピィを撮っているような速度だ。それでも、彼女は僕の話をちゃんと聞いている。それは確かだった。もちろん、四季は、鍵が大きな音を立てることも、夜中にそれを回して施錠するのがかなり危険な行為であることも、とうに気づいていただろう。さきほど、何故鍵をかけたのか、という疑問を僕が提示したとき、彼女は、良い洞察だと褒《ほ》めてくれた。問題をその方向へ考えていけば、解答に辿《たど》り着ける、という意味なのだ。いつも、彼女はそうやって、僕の思考を導いてくれる。

「その殺された看護婦さんって、どんな人だったの？」森川がきいた。

「そう、若くて、あの病院では新人だったみたいだね」僕は答える。「確か、まだ半年くらいじゃなかったかな」

「部外者が犯人だってことは、ちょっとありえないわけでしょう？」森川は言う。「だって、非番だったのに、わざわざ彼女は病院の中へ入ったわけだし、殺されていた部屋も建物の奥だった。つまり、犯人が病院の関係者だってことは、まず間違いないってことになるのでは？」

「それは、ほとんど確実だと思う。さっきの鍵のこともあるしね」僕は頷く。「でも、半年の間に、人を殺したくなるほどの深い関係に発展するっていうのは、どうだろう？ やっぱり、周りが見ていても、近しい関係に見える人ってことになるのかな」

「いや、そうは断定できないと私は思う」森川はメガネに手をやった。「言いにくいけれど、つまり、大人の関係」

彼女は、僕と四季の顔をしばらく見た。四季の実際の年齢を考えれば、少なからず抵抗のある話題かもしれない。

「何か、そういった愛情の縺《もつ》れから、殺人に至る。殺すつもりはなくても、ついかっとなってしまい、気がついたら首を絞めていた、なんていうの、わりと多いのよ」

「お話にならら、よくあるね」僕はさらりと答えた。「実際問題として、どの程度の頻度、確率で起こるものなのかは、数字を調べてみないとわからないけれど。だいたい、でも、殺したあとには、みんなそう弁明した方が罪が軽くなるから、本当は計画的だったにしても、かっとなって殺してしまった、殺すつもりなんてなかったって、供述するわけだよね」

「大きく分けると、二つのケースがあるわね」森川はそこで少し微笑んだ。「被害者の愛人が犯人の場合と、もう一つは、その恋愛によって損害を被《こうむ》った、つまり前の愛人が犯人の場合。分類なんかしても、しかたがないかもしれないけれど」

「犯人は、かなり高い確率で男性だと思う」僕は言った。「大きなもの音を立てれば、当直の人間が気づいたはずで、つまり、そんなに抵抗を受けずに首を絞めたことになるから、これは、被害者との体力差がかなりある人間の犯行だとほぼ考えて良いのでは」

「男性だとすると、病院の職員の誰かで、その看護婦さんと何らかの関係があった。うん、その場合は、けっこう周囲には秘密にしていたかもしれないから、誰も二人の関係を知らなかったかもね」森川は言った。

四季が本を閉じた。ちょうど一冊読み終わったのだろう。学術雑誌の特集号のようだった。テーブルの上に積まれた書物の上にその一冊をのせ、別の山から次の一冊を取り出し、それを広げる。僕も森川も黙って彼女を見ていた。

沈黙が続く。

四季が顔を上げた。

「どうしたの？　お話は、もうおしまい？」彼女はにこりともしないで尋ねた。

「いえ、別にもう……、そうね、終わりにしましょうか。こんなお話、四季さんはつまらないでしょう？」森川がきいた。

「これくらいのつまらなさなら、世界中に満ちあふれている」四季が答える。「何故、鍵をかけたのか。あんな真夜中に、鍵を使ったら音がする。鍵をかけても、メリットは何もないはず。でも、鍵をかけたのは間違いなく犯人、すなわち、阪元さんを殺した人物です。いたって簡単な問題。もちろん、誰が犯人かも明らかだわ」

「え、誰？」僕は驚いて、すぐにきいた。

森川須磨も、四季を見つめたまま動かなくなった。

4

僕は引っ越さなくてはならなくなった。

今度の部屋は、病室ではない。院長室の奥にある、今まで使われていなかった部屋だ。建物の三階の北側になる。窓があったけれど、とても重くて、僕の力では開けられない。下半分が磨りガラスのため外は見えなかった。空だけが見える。もし開けることができたら、病院の中庭ではなく、外部が見えるはず。病院から出たことがほとんどない、そんな時間を重ねてきた僕にとっては、外部は文字通り外の世界なのだ。

なんとか、ここから出られないものだろうか。

ずっと遠くへ行ってみたい。山や川や、そして海へ、一度で良いから行ってみたいものだ。そういった風景を、僕は自分の目で見たことがない。写真やテレビや絵でしか知らなかった。

　僕のこんな躰のせいで、僕は病院の中から抜け出せない。けれど、ここにいなければならないのは、僕の躰だけのはず。僕の心は、普通なんだ。どこにも異状はない。躰のせいで、心までも縛《しば》られている。生まれてからずっと縛られている。服さえ着なければ、誰にも姿を見られずに、ここから出ていくことができるだろう。しかし、そんな格好で歩き回ることは、今の季節ではとても無理。僕は寒いのが大嫌いだ。絶対に長くは我慢できないだろう。

　夏まで待つしかないのか……。

　ドアのノックの音。

　また院長だろう。最近、僕に対する小言が多い。たぶん、僕がそれだけ成長した、ということだろうけれど。大人は、子供の成長に無意識に嫉妬しているのだ。僕はそう思う。

「どうぞ。開いていますよ」

「こんにちは」入ってきたのは、少女が一人だけ。彼女の後ろには誰もいない。院長の姿も見えなかった。

「ごめん、君だったのか」僕は苦笑いをした。「不機嫌な言い方をして悪かった。てっきり、院長だと思ったものだから」

「叔父様のことが、嫌いなのね？」

「いや、積極的に好きではないという意味だよ」僕は首をふった。正直にいって、そのとおりだと思う。「嫌っているわけでも、憎んでいるわけでもない。とてもお世話になっているし、彼がいなかったら、僕は生きていけないだろう」

彼女はドアを閉めて、僕のそばまでやってきた。僕はベッドではなく、窓のそばに置かれているソファに腰掛けていた。

「久しぶりだね」僕は少女に微笑みかける。「良かったら、ここに座る？」

「ありがとう」彼女はソファの端に腰掛けた。

スプリングの振動が僕の躰に伝播《でんぱ》する。僕と彼女の間には一メートル近くの距離が開いていたけれど、それでも、ごく近い場所に並んで座っているのだ。

「しばらく、いなかったようだね」僕は何を話そうか考えながら話した。「今まで一度も聞いたことがなかったけれど、普段は、どこにいるの？」

「あまり、場所には拘りません」彼女は答えた。「どこにいても、自分には影響がほとんどない、そういう場所を選んでいます。完全に外的要因を遮断《しゃだん》できるような、理想的な環境は滅多にありませんけれど」

「そう」僕は頷いた。彼女の意見には同感だった。「僕も、できたら、人に会いたくないなぁ。自分だけで暮らしていける場所があれば良いね」

「外国に行けば、あるかもしれないわ」少女は言った。「ところで、先週の事件のこと、その後、どうなったのか知りません？」

「事件って、看護婦が殺されていた？」

「どうして、看護婦って言うの？名前を知っているはずなのに」

「ああ」僕は頷いた。

「自分から遠ざけようとしている」少女は言った。「事件って、なんてきき返す心理。さらに、阪元さんのことを看護婦なんて呼んだりして」

「あまり、近づきたくはないよ。忌まわしい、といっても良いと思う」

「どうして？」

「どうしてって、人が死んだんだから……」

「見ていたの？」

僕は、言葉に詰まった。

このとき初めて、この少女の瞳がいつもにも増して攻撃的な輝きを発していることに気づいた。表情にも口調にも変化がほとんど表れなかったので、見逃していたのだ。それは、威《い》嚇《かく》するような鋭い視線だった。こんな幼い少女に、僕は睨みつけられ、飲み込まれそうな恐怖を覚えた。

「見ていたよ」僕は正直に答える。

「殺されるところを、見ていたのね？」

「そうだよ。君の言うとおりだ」僕は頷き、溜息をついた。「すぐ近くで見ていた」

「そうだと思いました」

「何故？　どうしてわかった？」

「簡単です」少女は頷く。「あの部屋に、鍵がかかっていたから」

「ああ、そうか……」僕は一瞬で彼女の思考をトレースした。

「誰が殺したのですか？」

「それは、言えない」

「わかりました」少女は頷いた。「でも、貴方の立場が、とても危《あや》ういものだということは、わかりますね？　それは自覚している？」

「もともと、僕は危うい人間なんだ。その存在からして、とても危うい。本当に今すぐにでも、消えてしまいたいくらいだ」

「消えようと思えば、いつでも消えられます。けれど、元に戻ることはできない。生きている方が、ポテンシャルは高い。このエネルギィを無駄に消費しないことです」

「どうしてそんなことを？　僕の命に、何の価値があるかな？」僕は少女に微笑みかけて、余裕の表情を見せつけてやった。僕は、そういった点では、既に開き直っている人間なのだ。

「貴方の価値は、私が知っています」少女は即答した。「貴方にとって価値がなくても、私には価値があるの。ですから、私に黙って消えてしまわないで」

僕は、一度目を瞑った。

彼女が口にした言葉を、もう一度頭の中で繰り返した。

彼女には、価値がある？

僕の、命が？

背筋がぞっと寒くなる。

どうしたのだろう？

同じ感覚だ。

初めて彼女が現れたとき。

初めて僕の素顔を見られたとき。

そして、今。

何が僕を惹《ひ》きつけるのだろうか。

わからない。しかし、その引力は絶大なのだ。

とても逆らえない。

つまりは、既に僕は、彼女の中に取り込まれた部品の一つ、ということだろう。僕は彼女の一部になってしまったのだ。隷属《れいぞく》しているのだ。

ああ……、それが当たっている。

相応《ふさわ》しい。

僕は、彼女の奴隷だ。彼女の言うとおりに生きていれば良いのだ。そう考えるだけで、躰が暖かくなった。背筋が伸び、呼吸を大切に繰り返そうと思った。

「良かった」四季は呟く。

「え、何が？」

「貴方と話せて、良かったわ」

「僕はいつだって、君と話せるよ」

「生きていればね」彼女は小首を傾げて、可愛らしい声で言った。

5

四季の両親は海外へ出かけることが多かった。しかし、両親がいなくても、四季の生活にはまったく影響がない。彼女の世話をする人間は家にも数名いたし、また、大学では森川須磨が付ききっりだった。それでも、両親の不在が長いときは、四季は叔父の病院へ預けられることが多かった。叔父の名は清二《せいじ》。ただし、現在は真賀田清二ではなく、養子になったため新藤《しんどう》という。彼の妻、新藤裕見子《ゆみこ》が、病院の婦長で、彼女の父親が、この病院の初代の院長だった。

生まれたばかりの頃の四季は、躰が丈夫ではなかった。親戚の病院に預けられるという習慣が自然についたのは、そのためだった。両親のどちらかが、国際空港のある都市へ前日に向かう。そのとき、四季も新藤病院へ連れられていく、といったパターンがほとんどで、叔父の病院は地理的にもこれに適していたといえる。

森川須磨が、新藤病院まで四季と同行したことは過去に一度もなかった。つまり、病院に四季がいる間は、彼女は休暇だった。ところが、事件から一週間ほどあとに四季が病院へやってきたとき、どういうわけか森川須磨が一緒だった。

新藤清二も裕見子も、森川須磨とはこのときが初対面である。院長室で、森川は四季の叔父と叔母に挨拶をした。四季と僕は、同じ部屋の隅に大人しく座って、それを見ていた。

森川は丁寧な挨拶をし、三人は和《なご》やかに五分ほど話をしていた。ドアがノックされ、看護婦が一人入ってきた。森川のために部屋を用意したので、ご案内しましょう、と彼女は告げる。

「では、どうぞ、ゆっくりとしていって下さい」新藤清二が立ち上がって言った。「ここでは、四季さんは、普通の子供たちと一緒に遊んでいる。たまには、そういうこともなければ、と私は思っているんです。だから、森川さん、貴女も、休暇だと思って、のんびりしていって下さい」

「どうもありがとうございます」森川も立ち上がり頭を下げる。

「また、あとでお話をしましょうね、ゆっくりと」新藤裕見子が言った。

森川須磨はトランクを持ち上げ、看護婦と一緒に部屋から出ていった。

「ああ、確かに、家政婦にしては、気がつきすぎる感じね」裕見子が小声で言った。

「家政婦じゃないよ、彼女は」清二が笑いながら言う。

「じゃあ、何？」裕見子はちらりと四季の方を見た。「だって、家庭教師じゃないでしょう？　四季さんが、あの人から教わることなんて、何もないいんだから」

「アシスタントっていうんじゃないかな」清二が言う。

「つまり、それ、家政婦じゃありませんか」

「いや、だから、家のことをする訳じゃないんだ」

「でも、四季さんの身の回りのお世話をするんですよ」

叔父と叔母の会話は、このテーマでまだまだ続いた。実につまらない話題だ、と僕は呆《あき》れてしまった。四季もきっとそう思っているだろう。初めから、遮断していたかもしれない。

四季はソファにもたれて座り、目を瞑っていた。幼い少女が昼寝をしているように見えただろう。

「何を考えているの？」僕は小声で内緒話をした。院長や婦長に話を聞かれたくなかったからだ。

「何かは考えているわ。用事？」いつものとおり突《つ》っ慳貪《けんどん》な口調である。

「森川さん、何が目的で病院へついてきたのかな」

「さあ……」

「君の叔父さんに取り入ろうっていう魂胆《こんたん》なんじゃない？」

「取り入るメリットは？」

「君が外国へ行くことを聞きつけたのかも。自分も付き添っていきたい。そのためには、反対しそうな人間に根回しが必要だと考えた」

「森川さんがアメリカへ行きたいのは、何故？」四季はきいた。

「そりゃあ、行きたいんじゃないかな。せっかくの機会なんだから。仕事で行けるなら、願ってもないことだよ」

「そういうものなのね」彼女は簡単に引き下がった。あまり関心がない話題のためだろう。

「それとも、殺人事件のことがもっと知りたい、と思ったのかも」

「森川さんが？　どうして？」彼女の声に少し張りが戻る。多少は興味を引いたようだ。

「だいたい、彼女、今回の事件のことを、部外者にしてはよく知っていたよね。君のお父さんから聞いた情報だけ、とも思えない」

「たとえば?」

「もしかして、この病院の誰かと知り合いなのかもしれない」

「たとえば?」

「うーん、そうだね、たとえば、あの鬚の男とか」

「浅埜先生?」

「そう」僕は頷いた。「そうでなければ、えっと、院長かな」

「叔父様が? 何か関係があるの?」

「今日、病院に着いたとき、君、森川さんと一緒だっただろう? ロビィに鬚の先生がいたよね。森川さんの方を見てたし、彼女もそいつの方を見てた。一瞬だったけれど、あれは顔見知りだなって思うに充分なリアクションだったよ。ちょっと探ってみようか?」

「探る? 本人にきけば済むことでしょう? ねえ、叔父様の方は?」

「あれ、どうしたの? 興味がありそうだね。珍しい」

「さっき、森川さんがここにいたとき、私、よく見ていなかった。そんな素振りがあった?」

「君の叔母さんに対する叔父さんのものの言い方がね、うん、僕にはそう聞こえたなぁ。なんだか、森川さんのことを庇《かば》っているみたいな響きがあった。言葉だけの問題じゃないよ。むしろ、言葉は選んでいたように思える。そこがまた、何かあるんじゃないかって思えるところだね」

「そうかしら」四季は珍しい表情になった。

少しつまらなさそうに口を尖《とが》らせたのだ。とても僅かな変化だったが、そういった顔は普段は見せない。完全にコントロールされているからだ。彼女が表情を変えることは、彼女が計算してそうしている場合以外にはないといえる。しかし、このとき、僅かに漏れ出た光のように、ほんの一瞬だけ僕には見えた。

院長との話が終わり、婦長が立ち上がった。彼女は部屋から出ていこうとする。僕たちの近くまでやってきた。

「四季さん」ドアの手前で婦長は立ち止まって彼女を見た。

「はい、叔母様」少女は笑顔を作って、そちらを見上げる。

「おもちゃとか、お人形とか、何か欲しいものがあるんじゃない？　子供のものなんて、馬鹿馬鹿しいと思っているかもしれないけれど……」婦長はぎこちなく微笑んだ。

「そのことで、貴女が逆に我慢をしている、気を遣っているんじゃないかしらって、少し思ったものだから」

「いいえ、そんなことはありません。お気遣いに感謝します」四季は綺麗な発音で滑らかに話す。

「ときどきは、息抜きというのか、遊ばなくちゃいけないと思うわ。あまり、勉強ばかり、仕事ばかりでもね」

「ええ、ありがとうございます」

少女に丁寧に頭を下げられ、婦長は次の言葉が出てこないようだった。一度小さく溜息をつき、彼女はドアから出ていった。

ソファから立ち上がって、院長がこちらへやってくる。

「また、其志雄《きしお》君と話していたね。どんな話題?」院長は四季に尋ねた。僕が質問されたわけではないので、僕は黙っていた。

「数学の問題を解いていました。おしゃべりではありません」

「そうか。この頃、数学に凝《こ》っているようだね」院長は近くの椅子に腰を下ろし脚を組んだ。

彼は、どちらかというとスポーツマンタイプで、髪は長く、まだ若々しい。しゃべり方も仕草も陽気な印象で、この病院にいる人間の中では一番、病院の雰囲気に相応しくない、と僕は感じていた。彼は、趣味でオーディオのアンプを組み立てたりしている。その点でも、四季と趣味が合うようだった。もちろん、いずれも表面的なものだけれど。

「物理学、工学のプロセス、あるいはツールとして数学を学んでます」四季は答えた。

「ときどき、遊びで問題を解くだけです。答が得られているものは、そんな必要がありませんから」

「答が得られていない問題を解いたことがあるのかな？」

「いえ、まだそこまでは。答が得られていない問題は、私が知るかぎりでは、かなり多くの計算量が必要です。こうすれば解けるのではないか、といった道筋は見えても、その先は遠く、とても確かめている時間が私にはありません。確かめたところで、得られるものも少ないように思えます」

「できれば、君がノートを取ってくれると、周りの人間は助かると思うよ。君には無意味なことでも、周辺には、それで悩んでいる連中が沢山いそうな気がする」

「今は、私の手は、とても文字が書けるような耐久性を持っていません。文字を書いていたら、どれだけ時間があっても足りないでしょう。思考の記録をもっと迅速《じんそく》に行うようなシステムがあれば、嬉しいのですが」

「頭の中にノートがあるんだね？　どんなノートかな？　幾つくらいあるんだい？」

「そう、大きさはどれくらいかしら。とても大きい。見渡すかぎりノートです。それで、どこへでもすぐに移動ができる。どこかを切り取って、別のところに重ねることもできます。幾つという概念はありません」

「どこに書いたのか、すぐに見つかるのかな？」

「ええ、イメージで検索できます」

「検索ね……」院長はくすっと笑った。「記録だが、たとえば、数式を声に出して、それを録音するというのも、駄目かな？」

「問題になりません。そんな低速では時間が無駄です」

「うーん、それはしかし、いつか問題になりそうだなぁ。いくら君が素晴らしいことを考えても、それを我々は見ることができない。そうだ、キーボードを覚えれば、多少は記録が速いというが……」

「駄目です」四季は首をふった。それから、にっこりと微笑む。「叔父様、それよりも、一度遊園地に連れていってもらいたいの」

「え、何？　遊園地？」彼は目を丸くした。「それは、その、どういうことなんだい？」

「そのままの意味よ」四季は小首を傾げる。「お願い、連れていって」

「ああ、もちろん。えっと、そうだね……、ちょっとしばらく忙しいが、ああ、そうだ、もしなんだったら、誰かに行かせようか？」

「行くのは、叔父様と私の二人だけです。他の誰にも内緒にして下さい」

「どうして？」

「ねえ、いいでしょう？」四季はにっこりと微笑んだ。

6

看護婦の殺害事件から一ヵ月後、僕は生まれて初めて海を渡って、アメリカへ来た。僕のような人間がどうやって入国審査を通過したのか、と不思議に思うだろう。まさか、裸でゲートを通ったなんてことは、もちろんない。

僕は新藤院長の患者として、包帯を顔に巻いたまま国外へ出て、そしてアメリカに入国したのだ。僕は眠らされていた。その方が都合が良かったのだろう。誰のパスポートだったのか、そんなことは知らない。そもそもパスポートなんていう、顔形で本人を確かめるようなシステムが機能していることの方が不思議だ。近い将来には必ず破綻するだろう。

地理的にどこにいるのか、僕は詳しいことを知らなかった。アメリカの西海岸らしい。飛行機の中でも、ずっと眠っていたから、ようするに僕にとっては、昨日までいた部屋が、突然模様替えになった、という状況と同じことだ。

さて、何故、僕はこんな遠くへ来たのか？

何故、遠くへ来なければならなかったのか？

それは、僕自身の問題というよりも、むしろ、僕の存在によって影響を受ける周辺の問題のためだった。僕がそこに一人いることによって、磁場が乱れるように空間が変貌する。僕の血縁の者たちは、僕が生きていることが邪魔なんだ。本当のところ、こんな厄介者《やっかいもの》は早く死んでくれたら良いのに、と望んでいるにちがいない。

そうした鬱憤《うっぷん》が、ついに限界値を超えて、僕は国外退去になってしまった、というわけ。表向きは、難病を治療するため、ということになっていたけれど。もちろん、表向きといっても、ごく限られた人間たちのサークルにおける公であって、本当の外側の世間には、僕の存在さえ明らかにされていないだろう。

透明人間がいるなんて、そんなことが世間に知れ渡れば、大変な騒ぎになる。とにかく、その秘密だけは、このサークルが隠し通しているのだ。僕を守るためだと言っているけれど、そうではない。何かの成果、つまり学術的な成果を自分たちだけに有効に使おうと画策しているだけだ。

日本にいるときは、新藤病院が、つまりはそのサークルだった。そこから外に出ることは僕には許されていなかった。外といえば、中庭に出ることがせいぜい。ただ、あの病院にいるときは、看護婦や他の患者たちには、僕が何者なのかは知らされていなかった。その方が自然に見えたからだろう。この顔を隠している包帯のように、無理な隠蔽工作は不自然さを伴って、逆効果になるのがオチだ。

僕としては、そのサークルから抜け出せたことが、素直に嬉しい。幸運といって良い。こちらでは、誰も僕のことを知らない。だから、僕は屋外を歩くことができる。街を見ることができる。まだ寒かったので、毛糸の帽子、サングラス、マフラなどで顔を隠すことができた。そんな格好も、こちらでは当たり前なのだ。

少女もアメリカへやってきた。院長と一緒に、遊園地へ行ってきた、と彼女は話した。

「わざわざ、そのために来たの？」僕は尋ねる。

「まさか」彼女は大人びた表情で少し微笑んだ。「どうだった？　遊園地なんて、僕は行ったことがないよ。人が大勢いるところへは、出ていくわけにいかないから」

「そう、人が沢山いた。どうして、あんなに人間が沢山必要なのかしら。密集することに、価値が見出せない」

「そうじゃなくて、遊園地の方は、どうだった？」

「別にどうってことないわ」彼女はつまらなさそうに首をふった。「本当に子供騙《だま》しの技術ばかり」

「それはしかたがないよ。そういうものなんだから」

「作りものだとわかっていても、その場では楽しめる、というのは、高等な精神構造なのか、それとも単純なのか、少し考え直さなければいけないわ。私が想像しているよりも、人間の感情コントロールは回路が多そう。誰でも切り換えられる。何のために、こんなストラクチャになったのかしら。どうして、一つの躰に一つの精神を据《す》えて、着実なコントロール系を構築しなかったのだろう。生きるためには、そちらの方が絶対に都合が良いのに。必要とはとうてい思えないものが、沢山あるの」

「無駄が多い？」

「そう、無駄が多いというのか、あまりにも多くの条件に対応できるように設計がされているのに、何故か、周囲には、そんなに複雑で多数の条件が存在していない。それが不思議」

「君がまだ見ていないものがあるんだよ」

「ああ、それはそうね。そう思います」珍しく素直に彼女は頷いた。「ところで、森川さんをご存じでしょう？」

「森川さん？　ああ、君のアシスタントの」

「彼女、貴方のことをよく知っています。何故ですか？」

「さあね」僕は普通に返事をすることができた。

「では、森川さんと、浅埜先生の関係については、知っていますか？」

「ああ……」それをきかれるとは思っていなかったので、心の準備ができていない。四季に対して誤魔化しは効《き》かない。しかたなく、僕は正直に話すことにした。「浅埜先生はね、君の叔父さんの病院へ来るまえは、大学の助手をしていたんだ。医学部のね。その大学が、森川さんと同じだよ」

「森川さんは、大学院の前期課程の院生、それも工学部です。同じ大学というだけでは、関係があるとはいえません」

「詳しくは知らない。個人的なつき合いがあったようだね。クラブが同じだったのか、それともたまたま食堂で会って……、そこで知り合って……」

「くだらない話をしないで」四季は無表情のまま言う。

「悪かった」僕はすぐに謝った。

「いえ、ごめんなさい」四季は下を向く。

「どうして、謝るの？」

「言葉が不適切だったからです」彼女は顔を上げる。既に感情が切り換わっている様子だった。なんらかの処理が彼女の中であったのだろう。


僕の知っているかぎり、浅埜という男は妻帯者である。結婚はかなり早かったそうだ。彼は大学の助手の時代に既に結婚していた。同じ大学の森川須磨、それに、新藤病院の看護婦であった阪元美絵、この二人の女性が、浅埜と知り合いだったことは、事実だ。ただ、知り合いの程度、深入りの程度については、僕は判断ができない。そんなことは、本人の口から聞いたところで、本当のところはわからないだろう。僕が耳にしたのは、すべて、他の看護婦や職員からの噂話、それから、その大学にいる僕の個人的な知り合いからの伝聞に過ぎなかった。

四季はおそらく、例の事件のことで、何かの結論を持っているのだろう。彼女なら見抜くにちがいない。そう考えるだけで、僕は恐くなった。

目の前の少女の小さな顔、細い首を見て。

今のうちに、この生命を消してしまった方が良いかもしれない、と考えた。

恐ろしいことだ。

しかし、どちらも恐ろしい。

生きていても、死んでいても、恐ろしい。

そうならば、この恐ろしさに、支配されていた方が、安全だろうか。

僕はよく、夢の中で大きな怪獣に襲われる。

どこに隠れても、どこまで逃げ回っても、追ってくるのだ。

だけど、一番安全な場所を、僕は知っている。

その怪獣の頭の上に乗ることだ。

怪獣の友達になれば良い。

人間は、こうして、あらゆる恐怖を乗り越えてきた。

神を奉《まつ》ったのだって、同じ理由だろう。

第3章　神の造形あるいは破壊

いくたび明け方に、欲望を満たされておとなしくなり目を半ば閉じ、さながら朝がくるたび、抱擁《ほうよう》がくり返されるたびに前夜より美しくなるとでもいうように、まなざしと唇に生気をよみがえらせた愛人を、この腕に抱きしめたことだろう。いくたび彼女はこうした朝まだき、征服したいという欲望と告白させる快楽に身をまかせ、額を相手の額に押しつけたことだろう。

1

ゴージャスなインテリアだった。キャビネットの中には楯《たて》やトロフィが並べられている。ショーケースのように。学校の中に、こんな部屋があるのか、と僕は思った。絨毯《じゅうたん》も高級そうだし、革のソファに分厚いガラスのテーブルも格調高い。その上にはクリスタルの時計、重そうな灰皿。メガネの中年の女性がついさきほど運んできた紅茶も良い香りがした。その砂糖入れ。輪切りのレモン。しかし、どこにも特別なものはない。ありきたりの、無難《ぶなん》な品ばかり。そういう人物の部屋、ということだ。

四季と僕は、ソファに座っている。彼女は、白いドレスに白いハイソックス。靴も白かった。髪がもう肩を隠すほどの長さに伸びている。

森川須磨が四季の向こう側、九十度角度を変えて、一人掛けの椅子に腰掛けて、紅茶を飲んでいる。他には誰もいなかった。この部屋の主との話は既に終わっていた。得るところがない非常につまらない内容だった。教育関係の高いポストにいる人物だったようだが、なんの才能もない平凡な老人である。四季は、すぐに話さなくなったので、僕が彼女のフォローを軽くしておいた。

もう一人、四季を訪ねてくる人物がいて、その彼を玄関まで迎えにいくために、老人は出ていったところだった。

「ああいう人物に愛想を使っておくことも、君の将来のためには必要かもしれないよ」

僕は内緒で四季に教えてやった。

「そんな将来が私に必要だと思う?」

「いや、そんなに真剣な話じゃないんだ。気を悪くしないでほしい」

「少なくとも、あの人が生きている間に、私があの人の世話になるような可能性は皆無《かいむ》」

「しかし、少しだけ相手を気持ち良くさせるくらい、君だったら簡単なことだろう？何がどう転んで、自分の利益になるかもしれないじゃないか。それに、何かが減るといったものでもない」

「時間が惜《お》しいだけ。あの人と話す時間は私にはない。考えたいことがいっぱいあるの」

「了解。その点は、僕がカバーするよ。君のためにね」

「ありがとう」

「もう一人来るのは、どんな奴？」

「知らない」

「森川さん、今から会う人は誰？」僕は彼女に尋ねた。

森川須磨は、ちょうどスケジュール帳を広げて何かを書き込んでいるところだった。最近の彼女は、ほとんど四季のマネージャだと、周辺には認識されている。事実、彼女の仕事の半分ほどが、それに近い内容になっていた。それだけ、四季が世間に認知された証拠といえる。それに関連した雑務が増えてきたのだ。当然といえば当然だろう。かつて、彼女のような人格を、世間の誰もが知らなかったし、もちろん、今でも、彼女の能力の本当のところは、誰も知らない。

「真賀田教授の大学時代の先輩になられる方で、現在は、どこかの協会の会長だと聞きましたが。えっと、待って下さい」森川はノートを捲る。「あ、ありました、日本メタナチュラル協会」

「それ、何の協会？」僕は尋ねる。

「さあ、能力開発か、何かだったかと……」

「真賀田教授は何て言っていた？」

「はい……」森川は頷いた。「あの、あとで申し上げようと思っていましたけれど、その……、多少胡散《うさん》臭い奴だが、古い友人なので、少しで良いから、会わせてやってくれ、と」

「それをさきに言わなかったのは、四季が会うのをやめるって言いだすと考えたからだね？」

「はい、申し訳ありません」

「君らしい稚拙《ちせつ》な心遣いだと思うよ」

森川須磨は肩を竦《すく》めた。計算高い仕草だが、まあ何もないよりはましだろう。彼女の控えめなわりに金のかかっているファッションと同傾向だ。

紅茶を飲んでいるうちに、老人が戻ってきた。連れてきたのは髪の長い男で、想像していたよりも若かった。老人の方は、その男を一人残してドアから出ていった。

「はじめまして、佐織《さおり》と申します」新来の男は頭を下げた。「真賀田教授にご無理を言いまして、ええ、こうしてお時間をいただけたことをありがたく思っております」

「真賀田四季です」彼女は立ち上がって挨拶をした。「はじめまして」

「私は、森川と申します」森川も立ち上がってお辞儀をした。「どうぞ、お座りになって下さい。ただ、申し訳ありませんが、四季さんには、あまり時間がありません。手短にお願いいたします」

「いろいろ質問をさせていただいてよろしいですか？」佐織は尋ねた。「もちろん、もし失礼に当たるようでしたら、お答えにならなくてもけっこうです」

「どうぞ」四季は頷く。

「神様を信じますか？」

「神様がいらっしゃって、神様が何をなさるかを私が見ることができれば」四季は答えた。「貴方は、信じていますか？」

「いいえ」佐織は首をふった。「私の協会の会員に神様の存在を信じさせる、それが私の仕事です。それなのに、私自身が信じていないのです。こんなこと、変だと思われるでしょう？　ですが、そうなんです。いったい、神様は何をしているのでしょうか？　神様の仕事は何でしょうか？」

「貴方と同じです」

「え？」佐織は身を乗り出した。

「ご自分が神様だとお信じになってはいかがでしょうか」四季は微笑んだ。「そうすれば、少なくとも、存在だけは信じることができます」

「あ、ええ……、でも……」

「何か支障がありますか？」

「いえ……」

「これ以上お話しすることはありません。とても面白いお話でした。感謝します」四季は立ち上がった。「では、失礼させていただきます。貴方とは、またお会いすることがあるでしょう。どうか、今後とも、よろしくお願いいたします」

「あぁ、はい」佐織も立ち上がって頭を下げた。

「森川さん、行きましょう」四季はテーブルを回ってドアの方へ歩く。

僕もそして森川も四季についていく。

「あの……」ソファに残された佐織が声をかける。

彼は振り返り、絨毯の真ん中へ飛び出してきた。咄嗟《とっさ》のことだったが、森川須磨が四季の前に出る。

佐織は蹲《うずくま》るように膝を折り、絨毯に両手をついた。

何をするつもりなのか、最初はわからなかった。どうやら、頭を下げているようだ。土下座をしているのである。

「佐織さん、どうか……」森川が近くへ行って声をかけた。

佐織は顔を上げる。

目を潤《うる》ませ、頬を濡らしていた。泣いているのだった。

「どうか、なさいましたか？」森川が尋ねた。

「どうも……」涙声で佐織はまた頭を下げる。「どうも、本当に、ありがとうございました。是非、是非とも、また、もう一度、お目にかかれることができれば、こんな、幸せはありません。ありがとうございました」

四季は、森川の前に出て、土下座している彼のすぐ前に立った。少女の足許を見た男は、ゆっくりと顔を上げた。

「神様の仕事は、人間を騙すことです」四季は言った。「お金を稼《かせ》がれますように。そして、今度お会いするときには、私に新しい靴を買っていらしてね」

「は、はい。ありがとうございます」佐織はまた土下座をする。

四季は彼に背中を向け、ドアへ歩いた。森川がドアを開け、僕たちは通路に出る。そのまま玄関へ向かった。

ロビィのアプローチに車が待たせてあった。四季と僕は後部座席に乗り込む。森川が助手席に乗った。

「お疲れさまでした」助手席の森川が振り返って四季に言う。

四季は既に目を閉じていて、何も答えない。

「僕に任せてくれなかったね」内緒話を僕はする。「どうしたの？　何か気に障《さわ》った？」

四季は返事をしない。

ずっと遠くにいるのと同じ。

気に入らない相手ならば、外界を遮断してしまう彼女だから、佐織の場合は、そうでもなかった、ということになる。特に、また会おうと言うなんて、彼女の興味にどこか触れるものがあったのだろう。佐織という男についての印象は、また別の機会にきこうと、僕は思った。

2

丘陵地に建つ別荘。芝が明るい。建物は木造で、リビングからデッキへ出られる。小さなプールもあった。僕の他には、耳の遠い老人が一人。彼が、いろいろな世話をしてくれる。僕は、だいたい一日中本を読むか、それとも、ときどき庭に出て絵を描く。そう、犬が一匹いる。大きな黒い犬だ。僕は最初、その犬が恐かった。でも、今はもう大丈夫。彼は名をクゥルという。今では、僕が呼ぶと近くへやってきて座る。僕に慣れたようだ。犬なんて触るのも初めてだったから、緊張した。

穏やかな、幸せな時間。

僕に、こんな時間を過ごす資格があるのか、という疑問。

けれど、誰かが、僕の存在を隠そうとしていて、僕は生まれながら、その人物の犠牲になって生きているのだから、これくらいの見返りはあっても良いのかもしれない、と考えることもできた。

とにかく、僕は何かを要求したわけではない。また、何かを拒んだわけでもない。選択する機会さえ僕にはなかった。流れるままに、為すがままに、生きているだけだ。

アメリカへ来てから、四季には滅多に会えなくなった。一度、彼女がこちらの遊園地へ遊びにきた機会に、一日一緒にあちらこちらへ出かけたことがあるだけだ。あの日は楽しかった。それ以来、会っていない。電話をかけたいけれど、どこへかければ良いのかわからない。

広い場所で自由を満喫しているように思えたけれど、しだいに、結局はあの病院の狭い部屋と何も変わりはないのでは、と僕は考え始めている。病院にいるときは、彼女が訪ねてきた。だから、あのときの方が今よりも良い状態だったかもしれない。

時間を持て余したので、僕は以前よりも本を読むようになった。最近では工学書が多い。それは、彼女と共通の話題を持てる、という希望からだった。このまえに会ったときには、彼女はコンピュータの話をしていた。その言葉は知っていたけれど、実物が身近な物体として存在することを僕は知らなかった。さっそく、それを取り寄せ、関連の書物も幾つか読んだ。機械はすぐに組み上がったけれど、それを動作させることが難しかった。また、動作させる意味を見出すことが、さらに難しかった。彼女が何を意図して、こんなものに興味を持っているのか、是非とも質問してみたい。

彼女と会話がしたい。

彼女と話しているだけで、心が洗われる。今思い出すだけで、彼女との時間が、僕にとってどれだけ貴重なものだったか、本当に身に染《し》みてわかる。

先日、院長の新藤清二が訪ねてきた。彼はこちらでヘリコプタの免許を取ると話していた。どうやら、今はそのことに夢中らしい。今回の渡米は夫人が同伴ではなかった。病院のことがあって、なかなか二人一緒に出かけることは難しい、と彼は言う。しかし、もともとあの二人はそんなに夫婦仲が良いとは僕は思っていない。

「四季さんは、元気ですか？」僕はそれとなくきいてみた。

「うん、相変わらずだね」新藤は目尻を下げる。「いや、相変わらずってことは、彼女の場合はないなぁ。どんどん変わっている。もう誰にも手がつけられない、という感じだね」

「ずいぶん有名になったと聞きました」

「そうだね、噂を聞きつけて、マスコミが取り上げ始めたんだ。あっという間に話題の人だよ。今は、それをプロテクトするのに、労力と金を使っている。まあ、こうなることはわかっていたんだ。もう少し兄貴も考えたら良かったのにね」

「隠していた方が良かったと？」

「そう」新藤は頷いた。「まだ六歳なんだからね。普通ならば、小学一年生だ。可哀想じゃないか」

「そうですかね」僕は首を傾げる。「彼女の思うとおりのことができる状況を作ることが、一番大事なんだと思いますよ。有名になることで、得られるものもあるでしょう。可能性が広がるという意味です」

「まあ、それはそうだが」

「彼女に会えませんか？」

「君がかね？」

「そうです」僕は頷いた。「病院にいたときは、一ヵ月に一度は彼女、僕の部屋へ来てくれた。こちらへ来てもう四ヵ月になりますから、懐かしいです」

「このまえ、連れてきたばかりじゃないか」

「ええ、三ヵ月まえですね。そう、あのときは、彼女がこちらの遊園地へ行きたいって言ったのですか？」

「そうだよ。珍しいだろう？」

「僕に会いたかった、ということではありませんか？」

「まさか」新藤は鼻から息をもらした。「それは、思い過ごしというものだ。だいいち、彼女はアメリカに来たいと言ったんじゃない。遊園地へ連れていってほしいと言っただけだ」

「それをわざわざ、アメリカまで？」

「どうせなら、一流のものを、世界一のものを見せてやるべきだと考えたんだよ」

「それだけですか？」僕は彼の顔を見据えてきいた。その理由だけでは納得がいかない。「もっと何か、他に理由があったのでしょう？」

「うん、まあね」新藤は苦笑する。「ここだけの話だが、彼女から、是非、二人だけで行きたいとせがまれたんでね」

「え？　貴方と？　どういうわけで？」

「そう。どういうわけだろうね、まったく」

「ああ、なるほど。では、こちらへ来たのは、日本の遊園地では、それができない。二人だけになれない……、森川さんがついてくるから？」

「森川さんだけじゃないよ。何人もついてくるに決まっている」

「たとえば、婦長さんとか？」

「まあ、そんなところだ」

「でも、どうして彼女は、貴方と二人だけが良いって言ったんでしょうか？　どう思いますか？」

「さあねぇ」新藤は首をふった。「彼女の考えていることなど、凡人には理解できないよ」

「そうですか……」僕はそこで引き下がった。

その理由が僕にはトレースできた。四季が無駄なことをするはずがない。何かの布石なのだ。それはおそらく、この新藤清二という男のコントロールのためだろう。つまりは、それに取りかかった、というわけだ。綿密に計算され、着実に実行されることだろう。

一方では、彼女が僕のためにアメリカに来たわけではない、ということがわかって、多少は残念だと感じたものの、実のところはほっとした。そうでなくてはいけない。彼女が僕なんかに関わろうとするはずがないのだ。

「コンピュータは、どう？ 面白いかね？」新藤はきいた。

机の上には、僕が組み立てた剝《む》き出しの基板、コネクタ、それに小さなキーボード、そんなものがのっていた。

「これから面白くなると思いますよ」僕は答えた。

「うん、君には、向いていると思う」

「どうしてです？」

「いや、なんとなくね」

3

　大学の図書館に出向くことはほとんどなくなった。四季が人目を引きすぎるからだ。最初は、閲覧室ではなく、館長室の隣の応接間を借りて使っていたが、結局、四季のために本を貸し出す特例が認められ、彼女は自宅で好きなものを読めるようになった。図書館へ出向くのは森川須磨だけで、書籍の購入計画に関する四季の意向を伝え、一週間分の本をまとめて運送屋に届けてもらう、というシステムになった。

　幾つかの私大から、四季を正式な学生として受け入れたいという打診があった。しかし、真賀田教授は、それらを一切無視している。四季自身も関心を示さなかった。

「私には、今のところ、書物で充分です。読む本がなくなったら、どなたかに伺いに参ります。何をどなたにきけば良いかくらいのことはわかります。大学へ入学するメリットは、実験設備を使用できる、ということでしょうけれど、これもまだその必要性に迫られてはいません。それほど先駆的な領域へは私が到達していない、ということかと思います。四ヵ月後に、もう一度判断させて下さい」というのが、六歳の少女の返答だった。

　僕自身、もう彼女が見えなくなっていた。

ずっと遠くへ行ってしまって、まるで蜃気楼《しんきろう》のように水平線にぼんやりと、彼女の存在が見える。ほんのときどき。

彼女がこの世界に存在することは、目の前の少女を見ればわかる。しかし、彼女の思考、意志、感情、つまりは彼女の人格といったものが、はたしてこの世界、僕たちと同じ世界に存在するのかどうか、既に疑わしい。彼女に一番近いところにいる僕がそう思うのだから間違いない。

残像のような、影のような、

実体からはるかに遅れたものを、

僕たちは彼女だと勘違いしているような気がする。

こうなることは、もちろんわかっていたことだけれど、それでも、完全に手が届かない、同じ位置には立てないという事実を、受け入れるしかないのは、やはり残念なことだ。それは、この素晴らしい才能の実態を間近に見ることができないからだ。

あまりに早すぎる。

もう僕たちの目には見えなくなってしまった。

だけど、待ってくれと誰が言えるだろう?

天に駆け上がる雲雀《ひばり》に、手を差し出して、

ここにとまれと言うようなものだ。

彼女と一緒にいても、僕は自然に無口になった。もう何を話しても、彼女の邪魔になるのではないか、という不安。それがどんどん大きくなって、その圧力のせいで僕は消えてしまいそうだった。

四季は本を読んでいる。洋雑誌だ。机の上に十年分が積まれている。この分野の十年分の成果を、彼女は半日で完全に吸収してしまう。しかも、その片手間に別の問題を解き、僕や森川と会話もする。一度に一箇所しか見られない目が、彼女にとっては思考活動の最大のネックとなっている。それでも、音で聞くよりははるかに速い。たまには、ビデオ映像を見ることもあったが、いつも速回しで見ている。情報入力に関しては、肉体的な制限が、彼女の処理能力にまったく追いつかない状態なのだ。

さらに出力に関しても、同じことがいえる。彼女は文字を書かない。書いたことがない。頭の中の自分のノートには、どんな言語で、どんな文字で、記録されているのだろうか。思いついたことを言葉にして、人に話すようなことは、彼女には滅多にない。他人を理解させることが極めて面倒だということを、彼女は早い段階で気がつき、そしてすっかり諦めてしまったのだ。ほんの一部だけが、必要に迫られてしかたなく語られるだけで、周囲の皆が観察できる彼女の才能とは、そんな零《こぼ》れ漏れた雫《しずく》のような微少に過ぎない。

工学に興味を持ち、コンピュータの分野に彼女が進もうとしているのも、おそらくは、機械的な人工的能力によって、これらの障害を取り除こうという意図だと僕は考える。そんなことが可能なものか僕にはわからないけれど、彼女は、将来的にその期待が持てると話してくれたことがあった。

「最近、元気がないわ」四季が僕に囁いた。本を読んだまま、ページを捲りながらだった。

「元気? そんなものは、生まれたときからないよ。生きていくために必要なものかい?」

「拗《す》ねている」彼女は少し微笑んだ。「相手をしてほしいの?」

「迷惑をかけるのはご免だ」

「迷惑ではない。私が貴方のことを迷惑だと思うと?」

「最近、あまり話ができないよね」僕は素直に話すことにした。「話さないかぎり、僕たちはコミュニケーションがとれない。面倒な関係だね」

「話せば良いわ。貴方らしくない。遠慮しているの?」彼女はおかしそうに言った。そういった感情を織り交ぜた口調は、僕に対してだけの特別なもの。それで僕が喜ぶだろう、と彼女は気を遣っているのだ。

「先週のあの男の話が聞きたいな」僕は言う。

「佐織さんね」彼女は頷いた。「大袈裟《おおげさ》な人でした」

「どうして、君はあんなサービスをしたの？」

「使える人だと思った。簡単でしょう？」

「まあ、そうじゃないかとは思ったけれどね。どこらへんが見込みがあった？」

「あの人は、私の能力を探りに来たのよ。全部演技。貴方が思っているよりも、彼は頭が良いわ。計算ができる。私を利用しようと考えていた」

「だったら、余計のこと、関わらない方が安全じゃないかな。ああいう鳴りもの入りのわざとらしさっていうのか、僕は嫌いだね。ろくなことはないよ」

「いいえ、ああいうわかりやすさこそが、大衆に受け入れられる。それは学ぶ必要があるし、利用できる」

「君は、大衆に受け入れられたいの？」

「いいえ」四季は首をふった。「私を受け入れることは、誰にもできない。でも、私は自分の自由のために、手に入れなければならないものがある」

「お金だね？」

「一つだけ選ぶならば、そう。手に入れることが可能な、最も価値が高いものかしら」

「時間は、手に入らないからなぁ」

「時間は、自分の思考を合理化することで、より有効に使うことができます。長く生きたいのならば、ある程度の財力があれば時間が買える」

「説明、ありがとう」

「そろそろ、入力も最終段階に入っています。一年後には、今ほど本を読む必要はなくなっているでしょう。私は、私の躰が生きている、この世界、この時代に、これから定着を図る必要があるの。今は、単なる子供です。ちょっと変わった子供だと思われている。理解者は少数ですが、これから増加させる必要があります。私の立場、私の権利、私の資格を、明確にさせて、人々の意識の中で、私が記号化されることが望ましい」

「充分に記号化されているよ。天才少女」

「それでは、新しい権利を生み出せない」

「なるほど。すると、まずは大学で博士号を取得するとか？」

「そう、それもある」

「え？　なんだ、冗談で言ったのに」

「そうなの。冗談みたいな真似をしないといけないってこと。この世の手続きって、大半が冗談だと思うわ」

「大学の先生にでもなるつもり？」

「何かになりたいとは思わない」四季は首をふった。「私の周囲の人たちが、私を何だと思うか、問題はそちら」

「そうだね。で、それが、あの佐織という男と、どう関係があるの？」

「彼は、私のためにお金を集めるでしょう」

「どうして？」

「そうすることでしか、私に認めてもらえないから。それが彼の神、彼の力なのです」

「ああいった組織を作る人間というのは、そもそもその素質があるよね。あぁ、どうも、僕はそちら方面には否定的なようだ」

「それが普通です」

「君のお父さんが言ったように、胡散臭いよ」

「私が自由を得るためには、どうしても周囲の犠牲は必要だと思います。前進するためには、同じだけのものを後方へ放り出す必要があるでしょう？」

四季の向こう側で測定器のマニュアルを読んでいた森川須磨が立ち上がって、僕たちのところへやってきたので、僕と四季の内緒話は中断した。

「お食事をお持ちしましょうか？」森川はきいた。「すみません、気がついたら、もうお昼を過ぎていました」

「ええ」四季は頷いた。

「お待ち下さい。今すぐに……」森川がドアから出ていく。

「彼女が読んでいたのは、何のマニュアル？」

「あれは、メーカが持ち込んできた試作品。金属の分子配列の変化を磁気で検出する装置」

「森川さんも、最近、大人しいね。きっと、僕と同じで、元気がないんだ」

「途方に暮れているのでしょう。私が見えないから」

「最初は見えていた？」

「見えると思った、だから、何か得られると考えた」

「あぁ、それはそうだね。もう一年近くになるよね。だんだん君のことがわかってきて、いや、とても理解ができないとわかってきて、おそらくは、そうだね、きっと、君のことを怖がっているだろう」

「ええ」

「気をつけた方が良い。ヒステリィになられると困る。何か、おかしな兆候があったら、早めに切った方が良いと思うよ」

「リスクは大きくはない。適度に優しくはしているつもり。面倒だけれど」

「賢明だと思う」

「彼女の不安定さは、過大な自己評価に起因しているの。けれど、自分を正しく評価したときには、今よりも状況は酷《ひど》くなるでしょう」

「何だろう、彼女をああいう人格にしたのは？」

「周囲の人たちが、必要以上に彼女を褒めた。それをそのまま本気にしたのね。素直な精神だということ」四季は言った。彼女には珍しく言葉数が多かった。きっと、いつも以上に僕の相手をしてくれているのにちがいない。

「彼女の容姿のせいじゃないか？」

「不確定だけれど、その可能性はあるわね」

「君だって、沢山の人が見誤《みあやま》っているよ。可愛らしい少女で、少しだけ頭が良い、と思われている」

「過小に評価されることは、安全側です」四季は普通の口調で冗談を言った。

「森川さんと、あのときの病院の事件との関係は？」

「直接的な関係はありません」

「結局、犯人は捕まっていない。不思議だよね。君は、ドアの鍵がかかっていたことで、結論が導けるみたいなことを話していたけれど、そろそろ答を教えてくれても良い頃じゃないかな」

「まだ、そんな話をするつもり？　あぁ、もうとっくの昔に解決していると思ったわ。考えなかったの？」

「考えたけれど、わからなかった」

「それじゃあ、今度、機会があったら」

「今は駄目？」

「森川さんが戻ってくるわ」

「次の機会って、いつ？」

「貴方が元気で、私が元気じゃないとき」

「それって、絶望的だなぁ」

ドアが開いて、森川須磨が入ってきた。

4

新藤院長にお願いして、四季と電話で話すことができた。日にちと時間が決めてあった。僕は一時間もまえから電話の前で待っていた。約束の時間ジャストにベルが鳴ったときには、一度深呼吸をしてから、受話器を手に取った。

「もしもし」僕はそう言って待つ。

「四季です」

「こんばんは、あ、いや、そちらは昼間だね。電話、どうもありがとう」

「お元気？」

「うん、なんとかね」

「コンピュータを組み立てて、勉強をされていると聞きました」

「そう、簡単なプログラムができるようになったよ。面白いね、これ」

「どういった点が？」

「うん、とにかく、自分が思うとおりに動くってことかな。ミスも多いけれど、それはすべて自分の予測におけるミスだから、そこがまた面白いね。自分を見つめているようで」

「そう……。そのとおり。鏡のようでしょう？」

「うん、そうかもしれない。もっと、その、複雑なことができたら楽しいと思う。入力も出力も、もっともっといろいろなパターンがあると思うんだ。可能性は無限だね。うん、少なくとも、人間と同じくらいにはっていう意味だけれど」

「的確ね。没頭されている様子がわかります」

「没頭なんて、とんでもない。片手間にやっているだけ。絵を描いている時間の方がずっと長いし、それに、ときどき、街へ出たりするよ」

「一人で？」

「いや、それはさせてもらえない。車に乗って、ぐるりとドライブをするだけ。川の近くへ行って、そこで犬を走らせるんだ」

「犬？」

「そう、犬がいるんだよ。黒くて大きい。見たらびっくりすると思うよ」

「明るくなられて、なによりです」四季は優しい口調で言った。とても少女の口から出たとは思えない落ち着いた声だった。

「君も、大人になったようだ」

「相変わらずです」

「そんなことはない。きっともの凄く変わっているだろうなぁ。今度また会えることがあれば、嬉しいけれど」

「会えると思うわ」

「そう？　じゃあ、それを信じて、楽しみにしているよ」

「では、また」

「電話、ありがとう」

受話器を置く。時計を見たら、一分しか経過していなかった。高揚《こうよう》した気持ちは急速に醒《さ》めて、もっと話したいことがあったはずなのに、と僕は落ち込んだ。何かを壊してしまいたいくらい、得体のしれないエネルギィが込み上げてきた。片手を強く握り、じっと電話を睨んだ。

すると、それに答えるようにベルがまた鳴った。

「はい……、もしもし」僕は応える。

「落ち込まないで」四季の声だった。「貴方は、自分が思っているほど単純な人格では

ありません。コントロールが難しいことは事実ですけれど、貴方にはその力がありま
す。ご自分をお信じになって、どうか諦めないで下さい」
「どういう意味?」彼女が何を言っているのか、僕には理解できなかった。
「またお会いできるときを楽しみにしています」
電話が切れた。
きっと……、
受話器を置いたあとの僕の気持ちが、彼女にはトレースできたのだろう。なんという
単純な思考。
僕に力があるって?
コントロールする力だろうか?
僕が僕自身をコントロールする力?
それを諦めたのは、もう何年もまえのことだ。それができるくらいなら、僕の躰は消
えたりしなかっただろう。透明人間になってしまったのも、もとはといえば、コント
ロールを放棄したからにほかならない。難しいから、という理由ではない。それだけの
集中力が、僕には決定的に欠けているのだ。
いっそのこと、彼女が僕をコントロールしてくれれば良いのに。僕は、感情も意志も
なくして、彼女の命じるままに何でも行動する。そうした方が良いに決まっている。彼

女にはその余力が充分にある。僕は、行動に集中できる。きっと良い仕事ができるだろう。余計なことを考えずに、悩まずに、不安になったり、悲しくなったり、淋しくなったりせずに、機械のように自動的に、行動し、計算し、判断する。それが理想だ。

ロボットになりたい。

コンピュータになりたい。

そんな思いが、僕を急速に支配する。こんなふうに考えること自体が、面倒なことの一つ。これだから、僕は駄目なんだ。無駄なことを考えすぎて、壊れそうになる。

わかってはいるけれど、でも、しかたがない。

サイドテーブルにあったグラスを手に取り、それを壁に向けて投げつけた。軽い音を立てて、グラスは割れた。部屋のあちらこちらにガラスの破片が飛び散った。

どうして、こんなことをするのか。

破滅的な行動をするのは、どうしてなのだろう?

何かから逃れたいからか?

それとも、誰かに注目してほしいからなのか。

誰に見てほしい?

いったい誰が僕を見ることができる?

母親でさえ、僕が見えなかった。

父親も、顔を背《そむ》けた。
僕は誰にも見てほしくなかった。
だからこそ……、
こうして姿を消してしまったのだ。
それなのに、ときどき、他人の注目を集めようとする。
グラスを割るように、衝動的に、
しかし計算の上で、僕は自分の怒りを外へ向けてしまう。
おそらく、誰かに叱ってほしい、という気持ちだろう。
叱ってほしい。
お前は悪い子だ、と。
僕は叱られて、泣きたいのだ。
そういうことが、一度もなかったから……。
わかっている。
何度もシミュレーションを繰り返している。
それでも、まったく変わらない。変えられない。
誰も来なかった。
床のガラスが光っている。

零れた液体も光っている。

窓の外は闇。

天井のシャンデリアの光を反射させて。

ガラスの破片から、血を連想する。

次々に連想が続いた。

僕はゆっくりと立ち上がり、溜息をつく。

頭痛がする。

とにかく、冷たい空気を吸いたい、と思った。

病院の窓は重くて開けられなかったけれど、この家の窓は、僕でも開けられる。

5

久しぶりの病院だった。玄関で婦長の新藤裕見子が出迎えた。今回は森川は都合で来られなかった。四季は閉じ籠もったままだったので、僕が彼女の叔母に挨拶をした。

「貴方は、其志雄さんっていうのね？」裕見子が言った。

「ええ、栗本《くりもと》其志雄です。初めてってことはありませんよね？」

「こうして、ちゃんとお話をするのは初めてじゃないかしら。四季さんとは、どんなご関係なの？」

「あえて言えば、兄妹みたいなものです」僕は答える。「今日は、院長はご不在ですか？」

「え、どうして？」

「四季が来たときには、いつも出迎えにいらっしゃいます」

「実は、急な出張でね、昨夜遅くにアメリカへ発ちました」

「どんな用事ですか？　いえ、失礼ならば、この質問は撤回しますが」

「別にかまいませんよ」裕見子は微笑んだ。「どうせ、私の知らないことです。何のための渡米だったのか、聞いていません。あの人は、そういう人なの」

通路を歩いていくと、事務室から白衣を着た男が出てくる。医師の浅埜だ。片手を顎鬚にやりながら、彼は四季と僕に近づいてきた。

「やあ、久しぶり」彼は膝を折って、僕たちに顔を近づけた。「髪も背も伸びたね。とても素敵なドレスだし」

「森川さんは、今日は来ませんよ」僕は彼に教えてやった。

「ああ、そう……」浅埜は一瞬だけ婦長を見た。「それは残念、彼女が来たら、チェスができたのに。君も、森川さんとチェスをする？」

「相手になりません」僕は簡単に答える。当たり前のことを言うのが面倒なくらいだった。ちょっと気に障ったので、嫌味を言ってやろうと思った。「阪元さんの事件が、なかなか解決しなくて、心配ではありませんか？」

「え？」浅埜は眉を顰める。「そりゃあ、うん、そのとおりだけれど、でも、僕には何もできないし、警察は、何をしているんだろうね。最近、もうとんと来なくなりましたね？」彼は立ち上がって婦長に話しかけた。

「あまり思い出したくないわ」裕見子は顔をしかめ、忌々《いまいま》しそうに首をふった。

院長室に案内された。婦長は仕事があるから、と言って立ち去った。もちろん院長は不在なので、部屋には僕と四季の二人だけが残された。院長が読んでいる雑誌がデスクの上にのっていたので、それを少し読んだ。医学関係の洋雑誌だった。

電話が鳴る。

椅子の上にのって、四季が手を伸ばして受話器を取った。

「もしもし、森川と申します」

「私です」四季が答える。「院長なら、今日はいません」

「あ、四季さん？」

「叔父様に何かご用事？」

「いえ、あの……」森川須磨は慌てた様子だった。「ちょうど良かった、四季さんを呼び出してもらおうと思ったんです。院長は、どちらへ？」

「私への用事は何？」

「はい……、えっと、明後日のご予定ですけれど、文部省の方の訪問は延期になりました。どうかご容赦《ようしゃ》いただくようにと連絡を受けました」

「どっちでも良いわ。それから？」

「昨日ご指定のあったＬＳＩですが、在庫があるということでしたので、今日これから、取りにいってきます」

「それから？」

「えっと、そう、お母様が学会賞をお取りになられます。内示があったそうです。何かお祝いのメッセージを送られてはいかがでしょうか？」

「わかりました。あとは？」

「はい、それだけです」

「どれも急ぎの用事ではないわ。わざわざ電話をかけてくるなんて、明らかに不自然ですよ。叔父様にどんな用事だったの？」

「すみません。あの、これは、院長のご判断もありまして、あのぉ、私の独断では、ちょっと……」

「切ります」四季はそう言うと受話器を置いた。

「怒っているね」僕は彼女にきいた。

「私が？」四季は目を丸くする。「まさか」

彼女はデスクの椅子から下りて、ソファへ移動した。靴を脱《ぬ》いでソファにのる。肘掛けにもたれ、横向きに脚を投げ出した。

「叔父さんのことになると、何故そんなにむきになるのかな？」

「観測が不充分だと思うわ。いい加減なことを言わないで」

「森川さんと叔父さんが、つき合っている可能性は高いと思うな。たぶん、森川さんが彼に取り入ったんだろうね。彼女は、君のお父さんにもアプローチした形跡がある」

「形跡？ どんな？ 根拠は？」

「君が知っている情報以外に、僕は何も持っていない。すべては、客観的な視点からの単なる想像だよ。たとえば、彼女が君のアシスタントに選ばれた経緯、その後の経過、君のお母さんの態度、あるいは、君の叔母さんの態度、いろいろな観察事項から導かれる、ごく簡単な結論だ」

「つき合っている、という程度が問題では？」

「そんなことを論じるつもりはないよ。君だって、そんな話題は嫌だろう？」

「些末で、下品で、無意味」

「そのとおりだ。しかし、君はそんな無意味なものに対して、どうして無関心でいられないんだい？」

「私は基本的に無関心です。ただ、そのことが私の周辺に与える影響は無視できないわ」

「そうかな、無視していれば良い、と僕は思うけれど」

「どうして……」

「え？　何？」

「どうして、私の躰はこんなに成長が遅いのかしら」

「四季、大丈夫かい？」

「私は大丈夫。なんでもないわ」

「落ち着くんだ。君は取り乱している」

「ええ、そうね。それは認める」

「君は遠くを見すぎている。すぐそこに見えて、今にも手に届きそうに思えても、それはまだまだずっと遠い、ずっと先にあるものなんだよ。君は、誰も見えない、はるか彼方のものを見ているんだ」

「解説ありがとう」

「どうでも良いことじゃないか。冷静になって考えてごらん」

「この話はもうやめて」

「そう、やめよう。僕たちが議論する価値のある問題でもないね。勝手にさせておいたら良いのさ。君には、僕がいる」

「それは、言い過ぎだと思うわ」四季は笑った。「どさくさに紛《まぎ》れて……」

「たまには、このくらい良いだろう?」

6

僕は屋敷を抜け出した。

深夜だ。

道路を照らし出すライトが嫌らしく黄色い。狂ったオレンジ色といっても良いほどだった。模型のジオラマみたいに動かない。風景という存在に徹している。

ぼんやりと霧がかかっていた。

物音は聞こえない。車も走らない。

僕は、ポケットに両手を突っ込んで、暗い歩道を歩いた。帽子を被っていたけれど、マスクもサングラスもしていない。明るいところでこの包帯の顔を見られたら、きっとびっくりされるだろう。悲鳴を上げられるかもしれない。

目的地は特になかった。

橋があった。僕はそれを渡って、ちょうど真ん中まで来たところで下を覗き見た。かなり高い。ずっと下の水面は暗くて、ところどころ光を反射する箇所しか見えない。水が流れる音も聞こえてこなかった。川の両側には大きな樹木が立ち並び、道路や歩道沿いに点在する街灯の明かりも遮断されていた。

川辺に下りていく階段があることに僕は気づいた。橋を最後まで渡りきり、そのコンクリート製の階段を下りていった。真っ直ぐなのに段がみんな傾いている。下へ近づくほど、ますます暗くなった。橋の下は、宇宙みたいに完璧な暗闇だった。橋の下も、こんな完璧な暗闇も、僕は生まれて初めてだった。クゥルを連れてきたら、闇に溶け込んで、二度と戻ってこないような気がした。

人の声が聞こえる。

すすり泣くような、か細い声。

僕はそちらへ歩いていく。

静かに、音を立てないように。

相手を驚かしてはいけない、という気持ちからだ。

橋の下。

暗闇は、僕のために、暗黒度を少しだけ和らげてくれた。

鉄の錆の匂いがした。

姿が見えるようになったときには、もう数メートルの距離だった。女が一人、脚を投げ出して座っている。白い脚がぼんやりと見えた。顔ははっきりとは見えなかったけれど、髪が白っぽい。ブロンドかもしれない。やはり白いシャツとスカート。しかし、薄汚れて、ところどころ破れているようだった。

　怪我をしているのだろうか。

顔の顎のところが黒かった。

僕に気がつくと、彼女は動きを止め、呼吸を止め、じっと僕を睨みつける。

「どうかしましたか？　泣いている声が聞こえたのです」

「あっちへいけ！」女は叫んだ。

息を吐《は》く、唾《つば》を吐く、そんな勢いのある、しかし、音量自体は少ない押し殺した声だった。そして、そのあとに吐き捨てられた言葉は、汚らしい、不快なものばかり。

僕は思わず可笑しくなって、笑ってしまった。

上には真っ黒な橋桁《はしげた》。

闇を包み込むように。

僕の笑い声が反響した。

でも、自分の声とは思えない。

可笑しい。

無駄だ。

何もかも、無駄だ。

優しさも、慈悲も、哀れみも、すべて無駄だ。

この暗闇のように、邪悪な欲望が、何もかも溶かし込んでしまうだろう。世界を、地球を、宇宙を。そして、どろどろと流れていく。川の砂利《じゃり》の間に染み込んで、地中深くまで。

僕はゆっくりと女に近づいた。

女は動かなかった。

何かを叫んでいたかもしれない、ほんの短い間だけ。

僕の両手が、彼女の首を絞めて、その声を止めた。

可笑しい。

どうしてこんなに愉快なんだろう。

帰ったら、グラスの破片を片づけなくては。

そう、忘れていたら大変なことになる。知らずに踏みつけたりしたら、怪我をするだろう。足を切ったりしたらたまらない。赤い血が流れて、絨毯を汚してしまう。トルコ製の高価な品だ。僕はきっと叱られるだろう。

ああ、だから……、
忘れないようにしなければ。

掃除機で吸ってしまうのが一番簡単だ。

大丈夫、入っていたのは水だった。
汚れてはいない。
血さえ、流さなければ。
目の前の女の顔が、異様に変形していた。
目を見開き、口から舌を出して。
空気が漏れるような、不思議な音がした。
僕は彼女の首から手を離す。
粘土の人形みたいに、女の躰は地面に転がった。
いつものことだ。
引力はいつも、この地球を支配している。
帰って、四季のために、新しいプログラムを組もう。
そのまえに、掃除機を使う。忘れないように。
ポケットに両手を戻し、僕はその場を立ち去った。
橋の下の暗闇から出ると、空には宇宙が広がっていた。
音はしない。車も通らない。人もいなかった。
もしかしたら、黒い犬が、どこかに溶け込んでいたかもしれない。
それは、僕には見えなかった。

第4章　分裂と統合すなわち誕生

「ほんとに悪い子だ……血も涙もない悪魔みたい……性悪ね、まったく……」

彼は感謝のまなざしでレアを見あげた。

「そうだよ、ぼくを叱って！　ああ、ヌヌーン……」

1

遊園地の観覧車の中。四季と僕は、片側のシートに腰掛けている。遊園地は休園日だったので、他のゴンドラには誰も乗っていない。観覧車以外に動いているものもない。四季一人のためにこれだけが運転されているのだ。

向かいのシートには佐織宗尊《むねたか》が座っていた。ベージュの軟らかそうなスーツを着て、同じ色の帽子を被っている。森川須磨はいない。観覧車の下で、スタッフたちと一緒に待っている。四季のためだけに遊園地を稼働させているのは、佐織の力だ。森川がこのゴンドラに乗り込めなかったのは、その力の差によるものだった。

「もっと大きな観覧車は作れない？」四季がきいた。「この倍か三倍くらい」

「可能だと思いますが、資金がかかるうえ、一周するのに時間がかかって、文字どおり客の回転も悪い。チケットがとても高くなってしまうでしょうね」

「今はまだ必要ありません」四季は外を眺めながら話した。「私がもう少し大きくならなければ、自由な行動をするには抵抗があります。そう、五年後に、それくらいの施設がほしい」

「何でもお申し付け下さい。それまでに、資金を用意しておきましょう」佐織は微笑んだ。「正しいことのために消費する金は、神への供物《くもつ》です。観覧車というのは、比喩《ひゆ》ですね？」

「そうです」四季は頷いた。「こんな無駄なものはいりません。どうやって資金を稼ぐの？」

「どうやって稼ぎましょう？」佐織は両手を広げた。「何が一番利潤率が高い商品でしょうか？」

「安心」

「それは、しかし、大量に生産することが難しい」

「現在の安心ではありません。将来の安心です」

「なるほど、保険ですな」佐織は頷いた。「そうだ、確かにあれは良い商売だと思います。いささか、詐欺《さぎ》じみている点が、私には気に入りませんが」

「宗教との差は？」

「条件によって掛け金が違う点でしょうか」

「よくわからない」四季は首をふった。「あまりその方面のものを読んだことがありません。現状がどうなっているのかにも、興味はないわ。トータルな視点に立つと、実に馬鹿げているのに、局所的に成立する保証というものが存在することが驚異です。明日の約束を信じないのに、何故人間は、ずっと未来の約束ならば信じるのでしょうね？」

「はい、それは、私が思いますには、ひとえに、死に対する距離かと」

「なるほど。面白い」四季はくすっと笑った。

ゴンドラは一番高いところまで上がった。園内はすぐ下に見える。園外の周辺の土地も一望できる。南には海が眩《まぶ》しい。平野が広がり、工業施設、鉄道、高速道路、そして建ち並んだ建築物が見渡せた。

「何か力になれることがあれば」四季は言った。

「いいえ、とんでもない。お手を煩《わずら》わせるようなことはありません。お任せ下さい。こうして、ときどき会っていただけるだけで、もう充分に得ているものがあるのです。貴重な時間を、私のような者のために割いていただいて、本当にありがとうございます」

「来週のことですが、お願いがあります」

「はい、何でしょうか。どんなことでも、私にできることであれば」

「私は病気になります」四季は澄ました顔で話した。「叔父の病院に入院することになるでしょう。担当は、浅埜という医師です。彼にはこれからお願いするところですけれど。とにかく、三日ほど面会謝絶になります。その間に、アメリカへ行きたいの」

「えっと……、四季様が、アメリカへ行かれるのですね？　どうして、またそんな、その、持って回ったことをなさるのですか？」

「両親と叔父、叔母、それから森川さんに内緒で渡米する方法がこれしかありません。私のプライベートなんて、まだこの程度のものなのです。嘆《なげ》かわしいことですけれど」

「来週の件は、わかりました」佐織は頷いた。「四季様の環境を整えることに関しては、もう少し時間をいただければ、と思います」

「ええ、そちらは急ぎません。だんだんに改善していきましょう。服を脱ぎ捨てるように簡単にはいきませんからね。人に纏《まと》いつくものの執拗《しつよう》さといったら、どこにも正確には評価されていませんけれど、まったく質《たち》が悪いとしか言いようがありません」

「どうか、ご寛容に」佐織は微笑んだ。「急《せ》いては無駄な苦労が生じます。余分なこと、余計な仕事は、この私にお任せ下さい」

「それにしても、貴方のような頭脳の持ち主が、どうしてまた、私なんかにおべっかを言うのですか？」四季は首を傾げた。

「とんでもない。お言葉ですが、私のような頭脳の者だからこそ、貴女の尊さがわかるのです。いえ、垣間《かいま》見える程度のことですが」

「ききたいのでしょう？」四季は言った。

「え？」佐織が目を見開く。

「私が何をしにアメリカへ行くのか、それが知りたい」

「はい、ええ……」佐織は顔をしかめて頷いた。「それは、もちろん、伺いたいところですが、しかし……」

「今度、話しましょう」

「是非」

ゴンドラは下りていき、鉄骨のフレームの間を通り抜けた。下で待っている森川須磨の顔が見える。背の高い男が二人。彼らはセキュリティの人間だ。その他には、遊園地のスタッフが数名、その横に立っていた。

「このまえに話した人物ですが、今日ここへ来ております。あとで一度お目にかかりたいと……」佐織は言った。

「ええ」四季は頷く。「でも、ご本人？」

「いえ、そのマネージャというか、幹部のようです。女性でした」

「わかりました。会います」

「もう一周しますか?」佐織がきいた。

「いえ、もう降ります」

佐織が窓越しに合図を送った。僕たちのゴンドラが乗り場の中央まで来たところで、観覧車はゆっくりと停止した。

スタッフによってドアが開けられ、四季と僕は外に出る。

「いかがでしたか?」森川が近づいてきて微笑んだ。「恐くありませんでしたか?」

「恐い?」四季の代わりに僕がきき返す。

「高いところが恐い人がいるのです」森川は説明する。「普通の人でも、まったく平気ということはありません。高いところは誰でも少しは恐いものです」

「これよりも高いビルはあるし、飛行機はもっと高いところを飛ぶよ」僕は指摘する。

周囲にいる人間たちを意識した会話。つまりはサービスだった。「墜《お》ちることを想像して怖がるなんて、高等な頭脳だと思う」

「そのとおりです」森川が頷いた。

次のアトラクションは、回転木馬である。そちらへ向かって、みんなで歩いた。ぞろぞろと十数人の行列が移動する。四季と僕以外はもちろん、全員が大人である。佐織宗尊は、行列の最後尾につき、既に四季からは遠ざかっていた。彼なりの遠慮だろう。もう話は済んだということか。逆に森川須磨が、自分の立場を主張するかのように、四季のすぐ横について歩いた。

「ずいぶんと調子が良くない？」僕は四季に話しかける。もちろん、周囲の人には聞こえない内緒話だ。

「佐織のこと？」

「そう。何を企《たくら》んでいるの？　あまり危険な真似はしない方が良いと思う。慌てなくても、君はいずれは支配者になれる」

「支配者？　そんなものに興味はない」四季の声は冷たかった。「私が支配したいのは、私以外にないわ」

「君は、既に君を支配している」

「いいえ」

「自分をコントロールすることと、行動的な自由度を高めることと、どんな関連があるの？　僕には理解できないな。行動を伴うようなものは、いずれも大した価値はない。誰かに任せておけば良いじゃないか。君主のすることじゃない。そういった消耗は、家来の役割なんだ」

「支配者とか君主とか、勘違いをしているようね」

「表現が気に入らないならば、撤回するよ。君を怒らせるつもりはない。単なるアドバイスだ。気を悪くしないでほしい」

「最近の貴方は、どうもそういった立場を取りたがる。私にブレーキをかけることが自分の役目だと信じているのね。でも、私にはブレーキの必要はない。周辺との摩擦、そして時間、肉体的な限界、これらがもう充分な抵抗なんだから」

「そのうち君は、周囲の誰かを排除するだろう。面倒なことになるまえに、彼らを抹殺してしまうだろう。そんな勢いだよ。確かに、礼儀や法律なんて、君を縛るにはあまりにも脆弱すぎる。だけど、数というものを馬鹿にしてはいけない。単純で小さな力でも、蟻《あり》みたいに集まれば、それなりの脅威になる」

「面白くない話ね」四季は言った。目を細め、前を向いている。彼女の一部は、今も何か別のことを考えている。僕の相手をしているのは、四季のほんの僅かな一部に過ぎない。大企業の受付の窓口のように、申し訳程度に用意された窓なのだ。

回転木馬が近づいてきた。

おもちゃのような馬や馬車が円形の構造の中で浮かんでいる。動いてはいなかったが、既に小さなライトが沢山光り、軽やかなメロディが流れていた。たった一人の客のために準備が整っているようだ。

「馬が良いですか？　それとも、馬車にお乗りになりますか？」森川が尋ねた。

四季はステップを上がり、白い馬のところへ言って、こちらを向いた。

「これにするわ」彼女は嬉しそうな顔で言う。声も弾んでいる。どちらも完全に作られたものだ。

係の人間は手助けして、四季を馬の上に座らせた。

「気をつけて下さい。絶対に手を離さないように」別の大人が言った。当たり前のことだが、どうしても四季が子供に見えるのだろう。

すぐ後ろの馬に森川が乗り、僕は四季の横の馬に乗った。他には誰も乗らない。少し後ろの馬車のところに、男が一人残っただけだった。合図があってから、木馬は動き始める。

上下しながら、風を受ける。

四季の長い髪が流れた。

彼女は片手を離し、外から眺めている大人たちに手を振った。全員がそれに応えて手を振る。嬉しそうに。楽しそうに。

「いったい何が楽しいんだろうね」僕は彼女に言ってやった。

「人が楽しい顔をしているのを見るだけで楽しい、という精神構造。おそらくは、自分たちの種の存続を望む本能でしょう」四季は淡々と話した。顔は笑っているのに、口調は冷酷だった。「そういった精神構造が、社会の安定の基盤をなしているのですから、馬鹿にしたものでもありません」

「馬鹿にしてなんかいないよ」僕は微笑んだ。「それどころか、とても平和で、それこそ切望すべき精神だと思うよ。そうだ、こんな酔いそうな機会だから、きいておこうかな。昨年の事件のことだよ。阪元という看護婦が殺された、あれ」

「古い話を持ち出すのね」

「あれは、誰がやったこと？」

「貴方の知らない人」

「でも、君が知っている人？」

「ええ」四季は頷き、僕の顔を見た。「これ以上は、話したくないわ」

「わかった。でも、一つだけ教えてほしいんだ。君は、あの資料室に鍵がかかっていることから、すべてが推理できると言ったね。あれは、本当のこと？」

「ええ、現に私は、そこから結論を導いたわよ」

「僕も、そこから得られる唯一の結論を導いたんだけれど、でも……」

「でも？」

「ちょっと、信じられない結果なんだ、それが」

「そうね。でも、それが正解。論理とは、そういうもの。結果がどんなに信じがたいものでも、論理的に導かれた結論を受け入れること。それが科学の発展につながる最初の一歩でした」

「はぐらかさないでほしいな」

「私は、貴方にあまり立ち入ってほしくない」

「ごめん、今日は機嫌が悪そうだね。もう撤退するよ」

僕は黙って、その後も四季が白い馬に乗っている姿を見守っていた。

黒いジャンパを着た女が、ステップを上がってきた。回転している内側に移り、馬の間を前方から近づいてくる。四季の前まで来て、彼女は頭を下げた。胸のポケットにサングラスが刺さっている。

「はじめまして。各務亜樹良《かがみあきら》と申します」

2

新藤清二が突然現れた。

僕が庭のデッキで昼寝をしているときだった。足音が聞こえたので目を開けると、老人が飲みもののグラスを二つトレィにのせて立っていた。

「ドクタ新藤がいらっしゃいます」大きな声で彼が言った。

数分後には、庭の方から足早に近づいてくる新藤の姿があった。駐車場から直接来たのだろう。慌てている様子だ。

ステップを上がり、僕のすぐそばまでやってきた。僕は冷たいグラスを片手に持ち、ストローをくわえていた。

「困ったことをしてくれた」新藤はそう言うと、僕を睨みつけ、しばらく動かなかった。しかし、小さな溜息をもらすと、そこにあった椅子に腰を下ろした。日差しは、張り出した大きな庇《ひさし》で遮《さえぎ》られている。風はない。少し暑かった。

「何が？」僕はグラスをテーブルに戻してから尋ねた。

「何がはないだろう」新藤は舌打ちする。「まったく、君には失望させられるよ。何をしても良い。不自由がないように何でも要求は聞き入れてきた。だが、この敷地内からは出ないでくれって、約束したはずだろう？」

「よく覚えていないんだ」僕は首をふった。「気がついたら、知らない場所にいた。街の真ん中だった。だから、電話をして……」

「自分が何をしたのか、覚えていないのか？」

「何も」僕は答える。

「まずいね。目撃者がいるかもしれない。もう、この町には長くはいられないな」

「僕は何をしたの？」

「知らなくていい」新藤は僕を見据えた。「とにかく、私の言うとおりにしていてほしいね、しばらくは」

「もともと、そのつもりだよ」

「どれだけ、君を守るためにお金を使っていると思っている？」

「どうして、そんなに僕を守る必要があるわけ？」

新藤は僕を睨んだまま、黙った。

言葉はそれ以上には出てこなかった。呼吸を取り戻し、彼は視線を逸らす。彼なりの結論があって、しかし、それが口にできなかった。つまり、僕には聞かせられない理由なのだろう。おおよそは見当がつく。彼らは、僕が存在することで、何らかのメリットを見出しているのだ。そうでなければ、こんな贅沢な生活をさせてくれる道理がないし、とっくに僕なんて抹殺されているはずだ。

「どうやって抜け出した？」新藤はきいた。「玄関やゲートには監視カメラがある。塀をよじ登ったのか？」

「簡単だよ。服を袋に入れて、塀の向こう側に投げた。ちょうど森林になっている西側の境界」

「ああ……。それで、裸で出ていったと？」

「そう。この町は暖かいからね」

「困った奴だ。しかし、それは覚えているんだね」

「服を投げたところまでしか、覚えがない。あとの記憶がないんだ」

「都合が良いな」

「何らかの理由で、忘れるようにできているんだね。自分の矛盾《むじゅん》を受け入れたくない、あるいは、そのときの行為を自分では消化できない。それというのも、僕が厳格なルールのしもべであって、そのルールから外れることへの畏怖《いふ》が、僕をシールドしてしまうんだろう」

「他人事のように言えるものだ」

「そう、まるで他人事」僕は微笑んだ。自分の顔の包帯を指で触りながら、微笑みの形を感触で確かめた。「その、外に逃げ出した奴っていうのは、大事な奴なの？」

「質問の意味がわからない」新藤は鼻から息をもらした。もう話をしたくない、という態度だった。相当頭に来ているようだ。

僕もこれ以上ことを荒立てるつもりはない。黙っていよう、と思った。

彼がわざわざアメリカまで来たということは、よほど大変な事態だったのだろう。僕が、僕自身の知らない間に、とんでもないことをしてしまった、そうにちがいない。でも、そんなとんでもないことをする僕を、まだ守ろうとしている。これほど大切にしているのも、おかしな話だ。

それは僕自身ではない。僕の知っている僕ではない。もっと別の、もっと利用価値のある僕が、きっといるのだろう。

3

四季は最初、頭が痛いと言いだした。次に吐き気がする、気持ちが悪いと言い、そのまま眠ってしまった。実のところ、眠っていたのは表層部だけの彼女で、内面の活動は、まったくいつものとおり。この世界には、彼女以外に立ち入ることはできない。僕だって覗くことさえ無理だ。そこで彼女が何を考え、何を生産しているのか、誰にも知ることはできない。

浅埜医師が四季の診察をした。彼がその週の担当であったし、四季の主治医の筆頭でもあった。熱はないが、心拍と脳波に異状があると彼は話した。四季は集中治療室へ運ばれて、そこで精密検査が行われることになった。最初に真賀田左《さ》千《ち》朗《ろう》、美《み》千《ち》代《よ》がやってきて、数分間の面会が許可されたけれど、四季は意識がない。新藤清二院長も、新藤裕見子婦長も、病院の態勢を確認する以外には何もできなかった。

浅埜は若いが優秀で信頼の厚い医師だったので、彼らは、この才能に少女の生命を任せた。浅埜は、今のところ命に別状はないが、おそらくウィルス性のもので、抵抗力が一時的に低下している可能性が高い、という見解を示し、集中治療室を完全に密封し、高レベルの除菌を行うと宣言した。

そうした諸々《もろもろ》の作業が、その日の夜半までかかり、予定した手続きが進行したところで、四季はこっそりと部屋から抜け出した。浅埜が手配した車に乗り、彼女は空港へ向かった。もちろん、僕も一緒だった。

車を運転しているのは、浅埜医師の友人で、信頼のおける人物だと聞いている。

「お名前は何というの？」後部座席から四季が身を乗り出し、その見知らぬ運転手に尋ねた。

「望月《もちづき》といいます」ハンドルに頭を寄せて、彼は挨拶をした。学生風のラフな服装で、まだ若そうだ。

「今回のことは、とても助かりました。このお返しはきっといたします」四季が丁寧な言葉で言った。

「いえ、僕は、その、ちゃんと報酬をもらっています。誰にも話しませんから、ご安心下さい」

「私が誰なのか、ご存じなのですね？」

「はい、もちろんです」望月は頷いた。「日本で、貴女を知らない人はいませんよ」

彼女は僕の方を見て、囁《ささや》こうとする。僕は四季に耳を貸した。

「私は、私が誰なのか知らないわ」可笑しそうに彼女はこぼした。

とても機嫌が良さそうだ。これから飛行機に乗ることが楽しみなのか、それともアメリカへ行けることが嬉しいのだろうか。

ファーストクラスの待合いロビィまで、望月がついてきた。彼は、航空会社の人間に事情を話し、向こうも四季を見て、すぐに納得したようだった。

「望月さん、またお会いしましょう」四季は彼に片手を差し出した。

望月は驚いた顔をしたが、片手を出し、小さな少女の手と握手をした。

「あの、僕なんかと……、光栄です」彼は恥ずかしそうに頭を下げた。

「ちょっと良いかしら」四季が口もとに手を当てる。内緒話がしたいというジェスチャだ。

望月が膝を折り、彼女の顔に耳を近づけた。

「浅埜さんを信用しないこと。あの人からもらっているものがあるとしたら、その価値を疑いなさい」四季は囁いた。

望月は顔を離し、四季をじっと見た。彼女の言葉の意味を分析しているのだろう。

「また、お会いしましょうね」四季はにっこりと微笑んで、ロビィの中へ入っていった。

広いスペースの一番奥、大きなソファで女が立ち上がった。メガネをかけ、黒いスーツにアタッシェケースを持っている。回転木馬で会った各務亜樹良という名の女だった。

「手配を、どうもありがとう」四季は各務に言った。「よろしくお願いします」

「簡単なことです。いつでもご利用下さい」

四季はソファに座った。各務はその向かい側の椅子に移動して腰掛ける。

「このまえのときは、何もおっしゃらなかったけれど」四季は話した。「貴女、あるいは貴女の組織が、私から得ようとしているものは何ですか？」

「それは、ご存じのはずです」各務は真面目《まじめ》な表情のまま、歯切れの良い発音で答えた。

「でも、それを言葉にすることは、ある種の礼儀ではないかと思います」

「失礼しました」各務は軽く頭を下げ、四季を見つめる。「私たちが得たいものは、主として情報です」

「情報は私にはありません。どこからも、私に情報が入ってくるなんてことはありません」

「情報とは、四季様ご自身から出るものです」

「そんなものがあるかしら？」

「私の主な仕事は、投資です」各務は言った。「見返りが期待できないものに資金をつぎ込むことはいたしません」

「わかりました。常に、私の前では、明確であってほしい。素直に、正直であってほしい。それを望みます」

「はい。承知しました」

搭乗のときも、別のルートだった。機内へは最後に案内され、四季と僕はトラブルもなくシートに着くことができた。

「大丈夫かな、ばれない？」僕は四季に尋ねた。「病院が心配だよ」

「成功する確率はそれほど高くはないけれど、でも、ばれたところで、特に窮地に追い込まれるわけでもないわ。子供の悪戯《いたずら》だって笑えば済むことでしょう？」

「怒られるよ」

「誰に？　お父様？　お母様？　それとも、叔父様？」

僕は音楽を聴くことにした。四季は最初は雑誌を読んでいたけれど、そのうち眠ってしまった。スチュワーデスが食事を持ってきたが、僕はそれを断った。

「ケーキ、ジュースなどはいかがでしょうか？」

「では、ジュースを」僕は答える。

スチュワーデスはそれで安心したという顔で微笑んだ。いろいろな立場の人間が、自分の役目を持っていて、その役目が遂行されることに意欲を燃やしている。不思議な団結ではないか。人間の習性としかいいようがない。

運ばれてきたオレンジジュースに口をつけながら、僕はスクリーンの映画を観ることにした。放送はイヤフォンで聴くことができる。四季は起きなかった。病気の振りをしていると、本当に具合が悪くなることがあるから、僕は少し心配だった。

四季は、何をするためにアメリカへ行くのだろう。僕にはその理由がわからない。

4

新藤清二に会って以来、僕は少なからず落ち込んだ。第一に、彼が腹を立てていることがはっきりとわかった。僕は、誰であっても自分のせいで不快な思いをさせたくないと考えていたし、特に、世話になっている彼に、迷惑をかけたことは少なからず心外だった。第二に、彼が腹を立てている、僕が叱責《しっせき》されている、その理由を明確に示してもらえなかったこと。これには参ってしまった。原因が不明では、どうすることもできない。僕が知らない理由で、僕は怒られているのだ。

絵を描いているか、昼寝をしているか、という平穏な数日が流れた。芝は輝かしい。クゥルも精悍《せいかん》だ。僕だけが、どんよりと沈んでいる。周囲からポテンシャルが下がっている。どこかへ吸い込まれてしまう直前の存在のように、歪《ひず》んでいる。

ソファで眠っていたら、インターフォンが鳴った。

珍しいことだ。郵便か荷物が届いたのだろう。老人は耳が遠いので、気づかないことが多い。僕は起き上がって、玄関へ出向いた。ドアを少しだけ開けて、郵便を受け取ったことは以前にもある。室内は暗いから、外からは顔がよく見えない。包帯を巻いていても、それほど驚かれることもないようだ、と最近わかった。この国の大らかさのためかもしれない。

ドアのチェーンを外さず、そっと、少しだけ開けてみる。

眩しい光の中に、白い玄関のデッキ、庇を支える柱、その間に並ぶプランタ、そしてステップ。レンガを敷き詰めたアプローチ。しかし、人の姿はなかった。

「どなた?」僕はドアの隙間から声を出す。

ドアにあるレンズから外を覗いてみたが、近くに人影はない。

子供の悪戯かもしれない。インターフォンを鳴らして、すぐに逃げていったのだろう。

チェーンを外して、ドアを開けた。

今まで死角だった玄関の左手を見る。

そこのステップに、子供が腰掛けていた。

彼女が振り向く。

僕は立ち尽くし、次の瞬間には膝を折った。

開けたままのドア。

その横で、僕は跪《ひざまず》いた。

「こんにちは」四季は立ち上がって、僕の方へ近づく。

「どうして……、ここへ?」僕は辺りを見回した。

彼女は誰と一緒に来たのだろう、と考えたからだ。

森川須磨、あるいは、新藤清二、そのいずれかの姿を探していた。

しかし、誰もいない。

「内緒で来ました。一人だけで来たのよ」四季は微笑んだ。「貴方に会うために」

涙が出そうになったが、僕は深呼吸をして、それを我慢した。自分の笑顔が見えるくらいだった。

彼女を家の中へ招き入れ、応接間に通す。

とりあえず、ソファに座ってもらった。

「今、飲みものを持ってくるよ。紅茶で良い？」

「ええ、ありがとう」

「お腹は減っていない？」

「何かある？」

「うーん、どうかな……。見てくるよ。パンならあると思うけれど。トーストとかなら」

「トーストが食べたい」

「わかった。ちょっと待っていて」

「私もキッチンへ行って良い？」彼女は立ち上がった。

「ああ……、困ったなぁ、きっと散らかっていると思うよ」

キッチンへ行くと、庭で植木の剪定《せんてい》をしている老人の姿が窓から見えた。クゥルも彼の近くに伏せていた。

僕は、お湯を沸《わ》かす準備をしてから、冷蔵庫を開けて中身を確かめた。バターとジャムはある。テーブルの上に食パンとフランスパンがあった。僕自身、今朝はまだ何も食べていない。玉子を見つけたので、フライパンで焼こうと考えた。

「そういうことができるなんて、尊敬します」四季はテーブルの椅子に座って言った。「私は、食べるものを自分で調理したことが一度もありません。コンロの火のつけかたも知らないわ」

「知らなくて良いよ」僕は首をふった。「君は、そんなことをする必要はない。一生、しなくて良い」

「自分一人で生きていくためには必要だと思うけれど」

「そのときになったら、なんとかなるさ」

トースタでパンを焼き、その間にスクランブルエッグを作った。紅茶はティーバッグで淹《い》れる。テーブルで待っている彼女の前に皿を並べた。香ばしい匂いとともに、僕は自分の嬉しさの根元の正体が何なのか、考えていた。

何だろう?

いったい、何がこんなに僕を幸福に感じさせるのだろうか。

「バターは？」僕はきいた。

「好き」

「ジャムは？」

「大好き」

僕は彼女のためにそれをパンに塗《ぬ》ってやる。四季は紅茶のカップに口をつけながら、上目《うわめ》遣いに僕を見つめていた。今にも吹き出して笑いそうな表情に見えた。

僕が作った玉子をフォークで口へ運び、トーストを一口食べた。僕も紅茶を少しだけ飲む。

ああ、なんと充実した朝だろう。

僕のために、海を渡って会いにきてくれるなんて。

こんな幸せを感じたのは、生まれて初めてだ。

やはり、僕の目に狂いはなかった。最初に彼女を見たときに、この光景が見えたのだ。僕の将来のすべては、彼女とともにあると。

「先週、叔父様がこちらへいらっしゃったでしょう？」四季はきいた。

「うん、そう。急だったね」僕は笑顔で答える。

「何か突然、貴方に会う理由ができたのね？」

「そう。でも、教えてもらえなかった」

僕はすべてを正直に話した。新藤院長とのやりとりを。幸せな気分は急速に冷却したけれど、四季の前で隠しごとをするつもりは毛頭ない。何もかも彼女に提供することが大切だと思ったのだ。

「ありがとう。貴方はとても優しい」四季は目を細めた。「とても純粋で、それに、とても有能です」

「有能？　僕が？」

「ええ」四季は頷く。「もう話す頃だと思ったのです。いつまでも隠しておくことは、貴方にとってマイナスだからです」

「何を？」

「さきに、これをいただきます」四季はテーブルの上のものを一度見た。

「ああ、そうだね……、どうぞ」

「貴方は、本当は知っているのです。知っているのに、知らない振りをしている。いえ、振りをしているというよりも、貴方の、その人格には、それが公開されていない。記憶が制限されている」

そこまで話すと、四季はまた紅茶を飲んだ。

僕も紅茶を飲んだ。

彼女がこれから口にする物語を、僕は知っている。

そんな淡い予感がした。

ずっと遠くの小さな光、星のように小さな一点の……。

そんな輝きを、一瞬だけ見た。

5

僕はもともと四季の双子の兄としてこの世に生を受けた。

名前は栗本其志雄という。その名前は、おそらく四季がつけたものだろう。僕が自分でつけたわけではない。四季は天才だけど、僕はそうじゃない。多少は彼女の影響なのか、この歳の子供にしては知識も思考能力も優れているだろう。大したことではない。人間という生命体のバラツキの範囲内。多少ませた子供、そんな程度だ。

僕は四季の中に生まれた。おそらくは四季が創り出したのだろう。それは、必要があったからだ。彼女は無駄なことは一切しない。自分が世間から乖離している。離れ過ぎている。そのギャップを埋めるために、僕が作られたのだ。

僕は完全に独立している。僕としては、一人の人格だと自覚している。でも、僕は四季に含まれている。四季には、僕のすべてが取り込まれているのだ。だから、僕が見たこと、考えたこと、知ったこと、感じたこと、そのすべてが彼女のものだ。

でも、その逆はない。

彼女が何を見たか、何を考えたか、僕にはわからない。

一方通行。

上位互換。

そういう関係が最初からあった。僕が気づいたときには、それが既に確固として成立していた。そういう環境が、つまり僕という個人であり、僕という人格の基本なのだ。

それでも、僕は彼女と仲良くできたと思う。

彼女は基本的にはとても優しい。いつも理を求め、常に正しく、揺るぎない。僕は、彼女を尊敬しているし、彼女のために僕ができることをしよう、そして少しでも役に立てば、それが僕の幸せだと感じる。

僕の妹は、世界一、いや、歴史上唯一の存在なのだ。

その誇りを僕は大切にしているし、それが僕のアイデンティティにほかならない。

しかし、ときどき僕は考える。

もしかして、ここには、僕と彼女の他に、もう一人、別の人格がいるんじゃないか。否、一人とは限らない。彼女の頭脳は、それを許容するのに充分な容量を持っている。小刻みにタイムシェアすることで、多数の人格を、同時に成立させることが可能なのだ。

僕が知らないだけで、誰かいるのかもしれない。

すぐ近くに……。

たとえば、森川須磨はどうだろう。

彼女は実在する人格、否、実在する肉体を持っているだろうか。僕が見ている彼女は、単に四季が創造した映像かもしれない。僕は、自分の目で実在の世界を見ているわけではない。森川須磨自身が、四季が創り出した別人格だとしても、僕にはそれを見極める手立てがないのだ。

そう……、それは、誰に対してもいえること。

また、人だけではなく、

すべてのもの、

すべての存在に対して、

同じだ。

四季はこの世界の神で、彼女がすべてを創った。僕は彼女が組み立てたジオラマの中に置かれたフィギュア。単なる人形なのだ。彼女が捲ったタロットカードに描かれた絵、それが僕なのだ。

こうして、あれこれ悩んでいることさえ、彼女の頭脳が考えていることの一部。僕の意志なんて、本当にあるのだろうか？

こうして、考えることはいつでもできるのに、僕が外界を見られるのは、彼女がそれを許可したときだけ。彼女は、いつでも僕を外界から引き離すことができる。窓はあるのに、その開閉の自由が僕にはない。

もっとも、人が睡眠から醒めたり、眠くなって寝てしまうのも、これと同じことかもしれない。自分の意志に関わりなく、人間は外界とのコンタクトを断続的に行うものだ。

それは、逆にいえば、守られている、ということだろう。

僕は彼女に守られている。

僕が傷つかないように、彼女が僕を生かしているのだ。

僕は、彼女の良きパートナであろうとする。

彼女の相談役として、少しでも彼女のためになれれば、と願っている。

でも……、
この頃はもう、
それはうまく機能していない。

もう、そろそろ限界なのだ。

僕では、既に通用しない。相談役として、完全に不充分。

彼女は急速に進化しているし、僕はほとんど追いつけなくなっている。ときどき、偉そうなことを口にして、彼女に取り入ろうとしているけれど、逆効果、まったく情けない。

そもその立場に無理があったといえる。僕のようなサブセットが、メインの彼女に対して意見をするなんて構図は、明らかに不自然なのだ。無理が生じるにきまっている。

思い上がっていた？

否、そうではない。

僕にはそんなつもりは毛頭ない。

本当に彼女のことを心配して、僕は誠意を込めてアドバイスをしてきただけだ。彼女はときどき行き過ぎる。彼女の能力をセーブしても、世間の速度に比べれば圧倒的に速過ぎる。だから、僕は、彼女と社会の橋渡しのために、彼女のスポイラになろうと思ったのだ。

けっして思い上がっていたわけではない。

そんなつもりも、もちろん野心も、僕には存在しない。

彼女のことを大切に思っている気持ちだけが、
僕を支えているのだ。

でも……、
いつか、彼女が僕を必要としなくなったとき、
僕は、消えてしまうかもしれない。

僕も、きっとそのときには、消えたいと思うだろう。

彼女がここで何をするのか、ずっと見守っていたいけれど、なんとなく、それは叶《かな》わない望みだという気がしてならない。

誰かに見守っていてほしい、という欲望が、
彼女に存在するとは思えないからだ。

こうしてみると、僕は、彼女のほんの僅かな不完全性によって生まれた意思、すなわち、小さな傷を埋めるための存在。それだから……、彼女が完璧なものへと近づくにしたがって、僕は薄れていく。

けれど……、
もしも、彼女の中に溶け込めるならば、それはそれで幸せかもしれない。意識だけが残留して、黙って、静かに、そのプロセスを眺めていられたら、どんなに素敵だろう。

きっと、彼女の領域は、素晴らしく綺麗で、何もかも美しいことだろう。上品な調和があって、すっきりと整理され、正しいものの組み合わせで、作られているはずだ。彼女の庭園を散策できたら、どんなに幸せだろう。想像するだけで楽しくなる。

見せてもらえるだろうか。

いつになったら、それが見せてもらえるだろう。

僕の可愛らしい妹。

世界一の妹。

君のために、僕が望むことは、それだけだよ。

6

僕と四季は紅茶を運んで応接室へ移動した。キッチンに老人とクゥルが戻ってきたからだ。クゥルは四季の前でお座りをして、尾を振った。彼女は、小さな手で犬の頭を撫《な》でた。

「犬は少し恐いわ」四季はそう言った。

僕は彼女の話が聞きたくて、まるで禁断症状みたいに手が震えていた。緊張からなのか、それとも嬉しくてそうなったのか、わからない。

「コンピュータを始めたそうですね」彼女は言った。

「そう、まだ少しだけだけれど、キットを組んで、簡単なプログラムを走らせている。だいたいのことは、わかったよ。だけど、何かやらせようとすると、とにかくメモリィが足りない」

「貴方、自分の名前をご存じ?」四季はきいた。笑ってもいない、怒ってもいない、感情が表れない人形のような顔だった。

「名前? 僕の?」一瞬僕は息をもらした。「そりゃあ……、知っているよ」

「おっしゃって」

「どうしてさ」

「口に出して、お名前をおっしゃって」

「どうして、そんな必要があるの？」

「どうか、おっしゃって」

「真賀田其志雄」彼は答えた。

突然、僕の口から、低い大人びた彼の声が出た。

僕は吸い込まれるように後方へ退《しりぞ》き、暗い穴の中へ墜ちていく。ずっと高いところに穴が開いていて、そこからしか光は漏れていない。声はそこから聞こえるのだった。

「貴方は、私の実のお兄様です」四季は話した。「戸籍にはありません。死亡したことになっている。今年で、おいくつになられましたか？」

「十九だよ、四季」其志雄は答えた。「久しぶりだね。いや、初対面といった方が良いかな。私は、絵にサインなんかしない。私の病室の外側に、私の名前が書いてあったって？」彼はくすっと笑った。「そんなことで、私が出てくると思ったのかい？」

「お目にかかれて光栄です、お兄様」四季は頭を下げた。「叔父様が、先週こちらへ突然いらっしゃったのは、何故？　また何かトラブルを起こしたのですね？」

「ああ、そうなんだ」彼は舌打ちした、しかし、言葉を弾ませ、むしろ可笑しそうに話す。「人を殺してしまった。橋の下でね。浮浪者だと思う。君には理解できないかもしれない。これはどうやら、私の肉体的な衝動のようだ。頭を掻きむしりたくなるのと同じ。目の前にある物体が、そこにいる人間が、私が想像したものなのか、それとも実体なのか、壊してみないと、殺してみないと、区別がつかない。たいていは、壊して、殺して、消えてしまって、それでおしまいなんだ。あんな場所で、しかも不思議な人物だった。まさか、実際の物体とは思わないじゃないか」

「誰にも、見つからなくて幸いでした。いえ、処理ができる範囲で良かったという意味です」

「君のように、優秀ではないのでね。もうずいぶんポンコツなのさ。私の才能も限界に来ている。周りも、本当のところ、もう期待しちゃいない。君に乗り換えようとしているのだよ。早いところ引退したいものだ。あとは頼んだよ」

「どうするおつもりですか？　透明人間さんに、すべてをお任せになるの？　殺されますよ」

「ああ……」其志雄は頷いた。「用済みになったら、殺されるだろうね。それも良い。こんな人生に未練はないよ」

「弱音」四季は言った。「私は、お兄様のそんなお言葉を聞きたくありません」

「君は何を企んでいる？　なかなかに威勢が良いじゃないか」

「私の自由のために工夫をしているだけです」

「自由ね」鼻息をもらし、彼は笑った。「そいつは、生きているかぎり、手に入らないと思うな」

「では、すべての生を、家来にお任せになったら？」

「既にそうしているよ」

「それで、自由が得られましたか？」

其志雄はやや下を向き、四季を上目遣いに見据えた。

彼は答えない。

「今のこの話、透明人間さんには、聞かせているの？」

「聞かせている」

「手間が省《はぶ》けました。どうもありがとう。何てお呼びすれば良いのかわかりませんが、貴方は、世界レベルの優秀な頭脳の持ち主なのです。貴方がコンサルタントを務めている大手企業が少なくとも三つ。化学工業、医療関係、そして、最近は電子産業。私のお兄様は、親族の稼ぎ頭なのです。それなのに、戸籍にないのは……」

「それは言うな」其志雄が言った。

「ごめんなさい」彼女は頷いた。「とにかく、その才能を失いたくない。だから、貴方は生かされているのです」

「誰もが、結局のところ、生かされているのだよ。四季」其志雄は言った。「僕だけじゃない、君もだ」

「私は、私によって生かされています」

「そうかな？」

「その議論は無意味だわ。先が見えました」

「よろしい。では聞くが、君が創り出した其志雄は、今どこにいる？」

「よくご存じですね、誰から聞いたの？　あぁ、叔母様ね。まったく、信用のおけない人ばかり。ええ、彼なら、私と一緒にいるわ」

「この話を聞いているのかい？」

「いいえ」

「どうして聞かせない？」

「彼が、聞きたくないでしょうから」

「その優しさが、君の最大の欠点だ。いずれ、そこから崩壊することになるよ」

「それは忠告ですか？」

「予測だ」

「残念ですけれど……」四季は微笑んだまま首を横にふった。「その予測は当たりません。お兄様は、私を過小評価なさっています」

「うん、そうかもしれないなぁ。ずいぶんと成長したね。いや、それは素直に嬉しいよ。こんな素晴らしい妹を持って、僕は幸せだ。少なくとも、君の敵にだけはなりたくない」

「お優しいのは、お兄様の方です」四季は言った。「あの絵を見れば、それがわかります」

「もう良いだろう？　君と話をしていると、とても消耗するんでね」其志雄は笑った。「僕は躰が弱いんだ。知っているだろう？」

「ご自愛下さい」

「さようなら」彼は、片手を軽く上げた。

一度瞬きをして、僕は再び四季を見る。

突然明るいところへ出てきたので、眩しかった。

「大丈夫ですか？」四季は優しい口調できいた。

「うん、なんとか……」僕は答える。「僕が見える？」

「私には見えます」

「今のは全部、本当？　僕は、君の兄なの？」

「ええ、口止めされましたから、詳しいことは話せません」彼女は首を傾げ、長い髪を払った。「血が繋がっていることは確かです」

「そうか……」僕は頷いた。「だから、こんなに、僕のためにいろいろ心配してくれたんだね」

「血がつながっていなくても、同じことをしました」

「人を殺したっていう話は？」

「ああ、ええ……」四季は僅かに眉を顰める。「貴方は、それを知らない方が良かったかもしれません。貴方にはまったく関係のないことですから」

「だけど、僕が覚えていないことが、確かにあった。ここから出ていって、それで、悪いことをしてしまったんだね？」

「責任を感じる必要はありません。不可抗力です」

「しかし、そうは言っても……」

「世間のルールをそれほど気にすることもないのです。私たちは、そんなルールを必要としていません」

「あぁ、殺された女の子を、見たような気がしてきた。夢だったかなぁ、あれは……、もしかして、現実だったんだろうか」

「兄が、貴方にそれを見せたのです」

「何のために？」

「いずれ知れてしまうときのショックを和らげるために。兄は、あんなふうでも、優しい人です」

「どうして、人を殺さなければならないのかな」

「どうして、食べなければならないのか、という疑問と同じです」

「うん、だけど……」僕は目を瞑った。

「考えないこと」四季が言った。

「もしかして……」僕は口にする。

「いいえ」四季は首をふった。「違います」

「えっと……、阪元さんのことだよ。彼女を殺したのも、もしかしたら、僕かなって？」

「違います」

「いや、僕じゃない。そうじゃなくて、僕のこの手」両手を前に出して、僕はそれを見つめた。「この手が、阪元さんの首を絞めたんじゃあ……」

「違います」

「君のお兄さん、其志雄さんに、きいてみた方が良いね。僕は、あのとき……」

「あのとき、あの部屋にいましたね？」四季は言った。「あの資料室の鍵をかけたのは、貴方です」

「そう……、そうなんだ。僕は、その、びっくりして、阪元さんが死んでしまったから、床に倒れている彼女の顔を見て、本当にびっくりしてしまって……」

「犯人が戻ってこないように、ドアの鍵をかけにいった」四季は言った。「だから、鍵がかかっていた」

「そう……」

「阪元さんを殺したのは、浅埜先生でしたね？」

「う、うん」僕は頷いた。

「見ていたのですね？」

「僕は、テーブルの下に隠れていた。だから、その、最初は、何が起こっているのか、わからなかった。呻《うめ》き声が聞こえたけれど、でも、そんな恐ろしいことだとは思わなかった。僕は、目を瞑っていたかもしれない」

四季は立ち上がって、僕の前まで来た。

少女の顔が近づく。

項垂《うなだ》れていた僕の顔を、小さな手が起こす。

頬に彼女は接吻《せっぷん》した。

僕は泣いていた。

「救えなかった。僕には、とてもそんな力はない。気がついたときには、遅かった。床に阪元さんの顔があって、それがこちらを向いたんだ。僕は目を瞑った。黙って、静かに、息を殺していた。恐ろしいことが、さっさと、終わって、僕の前から立ち去ってほしい、遠ざかってほしいと、そればかりを祈っていた。僕が声を上げるだけで、阪元さんは、死なずに済んだかもしれないのに……」

「優しい方」目を細め、四季は言った。「後悔も、心配も、必要はありません。無意味です」

「浅埜先生はどうして？」

「だいたいはわかっていました。阪元さんとの関係がこじれたのでしょう。浅埜先生は妻帯者だし、将来が有望なお医者様です」

「彼女が邪魔だったってこと？」

「邪魔になるようなことを、彼女が望んだのでしょう。今となってはわかりません」

「あの部屋を開けたとき、みんなは、僕に気がついたはずだよね。僕はテーブルの下で気を失っていたと思う」

「院長と婦長、それに、少数の看護婦が気づいて、そっと貴方を運び出した。貴方は、存在すら明かされていない人間です。あの病院が預かっている、とても大事な人なのです。警察にも明かすわけにはいきませんでした。だから、すべて秘密裏に処理がされた。そのおかげで、鍵がかかっていた資料室が、とても不思議な殺人現場になってしまった」

「服さえ脱いでいれば、僕の姿は見つからなかったのに」

「そうね」四季は頷いた。「貴方の実体は、そのとおり、本当に透明です。誰にも貴方を見ることはできない。でも、私は別です。貴方を見ることができる。貴方にこうして触れることもできる。わかりますね？」

「うん。よくわかるよ」

「事件のことがあって、貴方はこちらへ運ばれた。日本では隠しきれなくなりそうだったからです。病院で貴方の世話をしていた人間には、それなりの報酬が与えられたでしょう。口止めはされている。しかし、殺人の嫌疑が自分にかかるようなことになれば、そんな口止めも効きません」

「そうか。浅埜先生は、疑われているんだね？」

「ドアに鍵がかかっていた点が、警察を悩ませているのです。浅埜先生ならば、合い鍵を作るなんて、そんな真似をするとは思えない。ナースステーションに鍵を借りにいくには、彼は目立ちすぎる」

「すると、鍵の線から、看護婦が疑われている？」

「おそらく」

「そうか、では、とりあえずは、僕がいたことを、浅埜先生はしゃべれない状況になっているってことだね」

「そう」四季は頷いた。「でも、いよいよとなったときには、切り札になる、と彼も考えているでしょう」
「ああ、そうか……、そうだね」僕はまた落ち込んだ。
阪元美絵は優しい看護婦だった。僕は彼女のことをよく覚えている。その彼女を浅埜医師が殺してしまったのだから、僕は彼を憎らしく思っているはずなのに、どうもそういった感情はわき起こらなかった。彼女が首を絞められている最中にだって、僕はそれを考えなかった。早く終わってほしいと思っただけだ。
結局、僕の世間に対する興味なんて、その程度のものだろうか。絵を描くときの対象、それと同じ。僕自身の存在が稀薄だから、そうなってしまうのか。
阪元さんの絵を描こうかな、とふと思った。
思い出して、描ける。
つまり、もう僕には、それだけで充分だから、
彼女が死んでしまっても、消えてしまっても、
僕には何も失うものがないから、
影響がないから、
僕は平気なんだろう。
それくらい、切り離されている。

切り離していないと、僕というものが、存続できない。

きっと、そうなんだろう。

「大丈夫?」目の前の四季がきいた。

「うん、大丈夫だよ」

「良かった」彼女は微笑んだ。「アメリカまで来た甲斐《かい》がありました。私は、貴方が好きです」

「え?」

「貴方のことが好きよ」

僕は、彼女を見つめる。

抱き締めたい、と思った。

けれど、
僕の手は、
そういう手ではない、
それに相応しい手ではない、と思い出して、諦めた。

第5章　危機回避の原理と手法

ところがある夜、その夜にかぎって、彼は鉄格子《てつごうし》のまえに佇《たたず》んだとき胸にずしんとくる大きなものが喉もとまでつきあげてくるのを感じたのだった。中庭の丸い電燈が薄紫のお月さまのように玄関の石段を照らしだし、通用門がぽっかり口を開いて敷石が光っていた。二階の鎧戸《よろいど》からもれる灯は、さながら黄金の櫛《くし》のようだった。

1

帰りの飛行機は退屈だった。空港の書店で買った雑誌も、機内にあった読みものも、すぐに飽きてしまった。スチュワーデスが何度か僕に話しかけたので、少しだけ相手をしてやったけれど、長続きはしない。四季はずっと眠っているし、行きと同様、各務亜樹良はシートが離れていて、僕たちの方へは近づこうとしなかった。彼女が何者なのか、僕は多少興味があったから、話がしてみたかったのに。

ときどき窓のシャッタを開けて、外を覗いてみた。翼はずっと後ろにあって、ポリカーボに顔を押しつけないと見えなかった。月の明かりでずっと下方の雲が綺麗に見えた。速度は秒速二百メートルくらいだろうか。でも、ほとんど動かない。じっと見つめていると、遠くに小さく光るものが見えて、それは旅客機だった。それだけが、ずいぶん速く、真っ直ぐに移動している。

「UFOでも見える？」四季が突然きいてきた。

「なんだ、起きていたの」僕は溜息をついた。「人が悪いね」

「もっと高く上がってみたいわ」

「人工衛星になるよ」

「そう」

「きっと実現する、その夢は」

「夢じゃないわ」四季は呟いた。

スチュワーデスがまた近づいてきた。

僕たちの前でお辞儀をするような格好で、顔を近づける。

「何かお飲みものをお持ちしましょうか？　冷たいものが良いですか、それとも温かいものが？」

「ジュースを」僕は言った。

「いえ、お茶を」四季が言い直す。

「どちら？」

「お茶をお願いします」僕はそう言って微笑んだ。

機内は照明が落とされている。周りのシートのほとんどはライトが消えていた。

スチュワーデスが、紅茶のカップをトレィにのせて戻ってくる。座席のテーブルを出し、そこに載せてくれた。

「毛布は？」

「いりません」僕は応える。

「いえ、お願いします」四季が言った。

スチュワーデスは微笑み、すぐ近くのキャビネットから取り出し、隣の座席に置いてくれた。

スチュワーデスは行ってしまった。僕は窓の外を見る。相変わらず風景は同じ。でも、小さな飛行機はもう見えなかった。

飛行機に乗るまえ、ロビィで待っているとき、四季が、昨年の殺人事件について説明してくれた。今頃になって、話してくれたのは、僕の知らない人物が、新藤病院で匿《かくま》われていて、その彼が、あの資料室の中にいた、という理由からだった。何故、ドアに鍵をかけたのか、という問題の答は、中に人がいたから、その人物が、自己防衛の目的で鍵をロックした、という極めて明快なものだった。それをすぐに思い至らなかった僕は、つまり、そんな人間がいるのならば、看護婦たちが気づくはずだという概念に拘束されていたのだ。人は知らないうちに、思考の経路を制限する。発想を無意識のうちに否定してしまうものだ。それが一瞬のことだから、自分でも認識できない、という理屈だろうか。

その人物は、今はもう新藤病院にはいない、と四季は話していた。何か特別な能力を持っているため、重要な立場にあるものの、生まれながらの病気で、ずっと病院生活らしい。彼女はときどき、彼に会っていたのだろうか。

面白い話をしていた。

その人物は自分を透明人間だと信じているという。確かに、周りのみんなが彼を隠そうとする、そんな周囲の反応が、彼をそんなふうにしたのかもしれない。あるいは、躰に外面的な異常があって、それを包帯で隠しているためだろうか。周囲の者は彼を見ないようにする。目を背けようとする。それが、自分の躰が透明だという発想になったにちがいない。

僕は、そんなことをぼんやりと考えていた。

四季はお茶を少しだけ飲んだ。毛布を膝に掛けるのに、苦労しているようだった。

「ままならないわね」彼女は可笑しそうに言う。「こういうものが、一番思いどおりにならないの」

「その人物は、犯人を知っていたんだね？」

「もちろん」

「それは、聞いたの？」

「ええ」

「浅埜先生だった？」

「そう」四季は答えた。「どうして、わかったの？」

「うん」僕は頷く。どうしてだろうと考えながら。「たぶん、君の思考が、少しだけ僕の方へ染み出てきたのかも」

「それはないと思う」

「君の仮病に協力して、夜中にこっそり集中治療室から僕たちを出してくれたよね。あのとき、浅埜先生の顔を見て、僕、思ったんだ」

「何を？」

「この人は平気でこういうことができる人間だって」

「その程度の人間ならば沢山いるわ」

「でも、なんとなくね、これまでの浅埜先生と違っていた。僕たちが小さいときからずっと面倒を見てくれた先生とは、どこか違っていたんだ」

「もう少し、考えを整理した方が良いわね」

「うん、わかっているよ」僕は頷いた。「だんだん、僕、馬鹿になっていくみたいなんだ。退化しているような気がする」

「何を言いだすの？」彼女は微笑んだ。「貴方らしくない」

「うん、ちょっと疲れただけかも」

「ジュースが良かった？」

「大丈夫、子供だよね、ジュースなんて」

「私たちは子供です」

「うん」

「元気を出して」

「元気なんて、僕には、わからない概念だよ」僕も少し笑った。「そう……、一つだけアドバイスして良いかな。お願いだから、反発しないで、聞いてほしいんだ」

「わかった」毛布を顎のところまで引っ張って、四季は頷いた。

「森川さんには注意をした方が良いよ」

「どうして？」

「浅埜先生と森川さんは、かなり情報のやりとりがあると思うんだ」

「まさか。あれを話したりはしないでしょう」

「そうかな。君が考えている以上に、二人は親密かもしれないよ。もちろん、森川さんのアプローチは打算的なものだと思うけれどね。君のお父さんにも、叔父さんにも、彼女は同じ手を使っている」

「やめて」四季は冷静な口調で静かに言った。「証拠はあるの？」

「ないよ」僕は首をふった。「でも、わかる。間違いないよ。一人だけではない。彼女のやり方なんだ。そうしないと、彼女の立場は築けなかった」

沈黙。

飛行機のエンジン音が低く唸《うな》り、金属の軋《きし》む音がときどき鳴った。お茶はもう熱くない。僕は窓のポリカーボに開いている小さな穴を眺めていた。

「四季？　怒った？」

「いいえ」彼女は毛布を被って目を瞑っていた。「ありがとう。貴方の言うとおりだわ」

2

彼女と別れたあとも、僕はしばらく幸福感に浸《ひた》っていた。今日は良い日だと思えた。たとえ僕の正体がわかったとしても、そんなことは小事、大した問題ではない。そもそも、自分自身の存在に対する執着など僕にはなかった。

ただ、確かに、一年まえ、彼女に初めて会った頃に、今の話を突然聞かされていたら、特に彼女以外の口からそれが語られていたら、僕は相当にショックを受けただろう。あの当時は、今よりもずっと僕のポテンシャルは低かった。生きているのか、死んでいるのか、曖昧な状態を彷徨《さまよ》っていたのだ。

もしかしたら、彼女に会って、僕は自分の本質に薄々気づき始めていたかもしれない。これも彼女の誘導、彼女の計算のうち、ということもありえる。

どちらにしても、いろいろなことがすっきりとした。僕が何をして、何をしなかったのかが明らかになった。

新藤清二は、僕を生かすために機能している、ただそれだけのための人間なのだ。血のつながりがあるはずなのに、どうも、あの男だけは違和感がある。彼女からすべてを聞いてしまった今、僕は、彼に対してどんな態度を取れば良いだろう。知らない振りを続けるのか、それとも、僕が知ってしまったことを、彼を含めた関係者には知らせるべきだろうか。

四季は内緒でアメリカに来た、と話していた。本当かどうかはわからない。そんなことが可能だとも思えない。でも、内緒という対象は、彼女の両親か、それとも院長や婦長か、あるいは、森川のことだろう。

もしそうだとすると、僕は何も聞かなかったことにした方が良いかもしれない。その方が波風が立たない。このまま、潜伏していた方が、きっと安全だ。今のままの状態ならば、まだ僕は、しばらく生きられる。

だけど、一つだけ気がかりなことが……。

それは、四季がわざわざ僕に会いにきたことだ。

どう考えても、それだけの労力に見合うものを彼女が得たとは思えない。単なる優しさとか、あるいは親族愛とか、そういった類のものではもちろんない。それくらい僕にもわかる。

何だろう。彼女は、僕に何を期待しているのだろう。

その期待は嬉しいけれど、それに応えることが僕にできるだろうか。

3

各務亜樹良は同じエリアの一番後ろの座席に座っていた。膝の上から雑誌が滑り落ちそうだった。イヤフォンをして、目を瞑っている。頭は窓の方へ倒れていた。

彼女の隣のシートに四季は座った。そして、身を乗り出し、腕を伸ばして、各務のイヤフォンのプラグを引き抜いた。

各務は目を覚ました。ぼんやりとした顔をこちらへ向け、四季が座っているのを認識すると、片手を一度額に当て、二秒ほど目を隠した。

「すみません、眠っていました」彼女は小声で囁いた。「何か？」

「いいえ、特に用事はありませんけれど、貴女とお話をしようと思いました」

「はい、何でも」各務は頷いた。

「いいえ、質問がしたいのは、貴女の方でしょう？」

「あぁ、はい……」各務は小さな深呼吸をした。「すみません。頭が回っていなくて。私たちのボスが、一番知りたがっていることは、必要な資金の大きさと、その時期と、そして、それらと同額のものが返ってくる時期、さらに、その後の展望です」

「すべて数字ね」

「そうです」各務は頷いた。「これは、ビジネスですから」

「メモの用意をした方が良いわ」四季は言った。

「はい」各務は慌てて、足許のバッグから手帳を取り出した。

「額は大きくはありません。ひとまずは数億ドルのオーダ。時期は順調にいけば三年、多少手こずっても五年後でしょう。その資金が戻るのは、その二年後、そして、その一年後には倍になるわ。よろしい？」

「はい、大丈夫です。あの、資金の他に用意しておくべきことは？」

「回ってきましたね」四季は微笑んだ。「コンピュータ分野の技術者を集める。五人もいれば充分です。日本人でなくても良い。お互いがコミュニケーションを取る必要はありません。一人は、もう決まっています。私の兄です」

「え？　お兄様がいらっしゃるのですか？」

「極秘ですよ」

「どちらに？」

「今は言えません。そのときになったらお話しします。彼は、非常に不安定な身分です。完全な保護が必要です」

「簡単だと思います」

「それは、そうですね、二カ月後くらいには、お願いすることになるでしょう。今は、私の両親と叔父が把握しています。彼らには話さないように」

「わかりました」各務は頷く。「あの、質問をしてもよろしいですか？」

「ええ」

「分野は、ハードですか？」

「まさか」四季はくすっと吹き出した。

「でも、ハードの分野は、これから非常に大きな成長が見込めると言われています。確実に伸びます。特にチップの関係の技術は、鎬《しのぎ》を削ることになるでしょう。今回の渡米も、その関係だったのではありませんか？」

「そちらにも投資しているのね？　でも、そうではありません。ソフトです」

「ソフトはお金になりません。金を出そうという意識がない。どこかのメーカと組むという手はいかがですか？」

「無用です。二年後には四倍になるでしょう」四季は自分の頭に指を当てた。「ここにあるものの価値を信じなさい」

「わかりました。しかし、私は信じても、説得には、それなりの資料が必要です。どんなものでもけっこうですから、それが、どのような形式のものなのか、何がどう新しいのか、文書を揃えていただきたいのです」

「わかりました。一週間後に」

「え、そんなにすぐに？」

「森川さんに作らせましょう」四季は言った。

「彼女、有能なんですね」

「いいえ」四季は首をふった。「もっと有能な専門のアシスタントが必要だと考えています。いずれ、貴女に相談することになるでしょう」

「わかりました」

「貴女のボスによろしくお伝えして」四季は小首を傾げる。

「彼は、四季様に是非お会いしたいと申しております。できれば一度、どこかで。そう、フランスにいらっしゃいませんか？」

「いいえ、そんな時間はとても」四季は首をふった。「では、これで……」

「ありがとうございました。失礼いたします」各務は頭を下げる。

四季と僕は自分たちのシートへ歩いた。飛行機が揺れているので、少し大変だった。スチュワーデスがやってきて、途中で四季の手を引いてくれた。

「気流の関係で多少揺れているようです。お休みになるのでしたら、シートベルトをお締めになって下さい」

　窓際のシートに座った。ベルトを締めようとしたら、スチュワーデスがまた手伝ってくれる。毛布を取ろうとすると、やはりスチュワーデスが掛けてくれた。

「ありがとう」四季は微笑んだ。

「お休みなさい。ライトを消しますか？」

「ええ」

　スチュワーデスはライトのスイッチに手を伸ばし、それを切った。

暗くなり、揺れている空間だけが残った。

毛布は暖かい。

四季はもう眠ろうとしている。

「世の中、どうしてこんな善意に満ちているのだろう」僕は囁いた。

「そう見える、そう見ようとする善意があるからじゃないかしら」四季は答えた。「排気ガスや煙突から立ち上る蒸気が、勢いのあるものに見えた時代もあったでしょう」

彼女の言葉の意味を数秒間考えているうちに、彼女の寝息が聞こえてきた。きっと疲れていたのだろう。こんな小さな躰では、とてもサポートできない作業量だ。あまり無理をさせないように、周囲がもっと気を使うべきではないか。帰ったら、森川に指示しておこう、と僕は思った。

4

あっという間に二年が過ぎた。

どうやら僕は、空間とも時間とも乖離しているようだ。

これもきっと四季の影響だろう。

だが、僕は自分でも見違えるほど、世間に定着した。

普通の人間に近くなった、という意味である。

アメリカでは二度住まいを替えた。一度東海岸に移り、また西へ戻ってきた。今は、都会のマンションのペントハウスにいる。どのときも、とても快適な環境で、まったく不満はなかった。

四季はMITに仮入学が決まって、ときどきこちらへ来るようになった。森川須磨も一緒だ。状況は何も変わっていない。

そういえば、例の看護婦殺しの事件も、未解決のままである。もう誰もその話をしない。世間も忘れているだろう。殺した本人以外は。

浅埜医師は、実は既に新藤病院にはいない。アフリカのどこかの国へ行ってしまった。自分から志願して渡った、と僕は聞いた。彼が何を考え、自分の過去をどう処理しようとしたのか、僕はもう興味がなかった。阪元という看護婦の名も、既に過去のものとなった。

時の流れというものは、冷酷なものだ。どんなに濡れた手も、砂を擦《こす》りつけているうちに乾いてしまう。そんなドライで、細かい摩擦の集積によって、何もかもが掠《かす》れて、消えてしまう。最後には砂漠のように、乾いた砂だけが残るのだ。

四季の兄、真賀田其志雄は、僕には何も語ってくれなかった。彼は、黙々と仕事をしているようだ。情報関係のエンジニアらしい。僕はといえば、もうコンピュータを見るのさえ嫌になってしまった。

一日の僅かな時間、僕にとっては貴重な時間のほとんどを、絵を描くことに費やしている。でも、いつも最後まで描けない。その日は疲れて眠ってしまい、次の日には、もう同じ絵を見るのも嫌になる。かつて一度だけ、最後まで描き上げた絵があったけれど、あれは其志雄が描かせたものだったのだ。僕はサインをしたかどうか、覚えていない。四季に対するメッセージだったのだろうか。今頃になってそんなことに気づく。四季はますます有名になっていることだろう。僕はテレビも新聞も見ないから、世間のことはわからない。だけど、新藤院長や森川須磨から聞く話の端々によって、そんな雰囲気だけは伝わってくる。多くのプロジェクトが四季のために、四季を中心に動いているらしい。

彼女はすっかり大人になった。

歳はまだ八歳だけれど、目の前で見ていても、もう子供には見えない。じっと睨まれると、誰でも震えてしまうだろう。あるときは、珍しく怒ったりもする。苛《いら》ついているように見えることもある。こういったことは、かつての彼女にはなかったことだ。それはつまり、彼女自身が外界と関わろうと積極的になっている証拠といえる。

先週会ったときも、彼女は森川と衝突していた。

「本当に、申し訳ありません。しかし、その、お言葉ですが……」森川は既に泣き顔だった。「私には、四季さんの意図がそこまで正確には理解できなかったのです。説明はありませんでした。当然気づくべきことだった、とおっしゃるのだと思います。けれど……、それは、普通の人間には……」

「気づくべきでした」四季はタイプを打ちながら、話している。まったく感情は表れていなかった。「貴女は、普通の人間なの?」

「そうです。私は普通の人間です」

「そう。ならば、この仕事は諦めた方が良いわね」

「誰だってできるというものではありません」森川は言う。「私以外の人がやれば、もっと時間がかかったでしょう。こんなにぎりぎりの仕事をこなしているのに、せめてもう少しは、評価していただいても……」

「評価はしています。問題をすり替えないで。もう良いわ。頭に血が上っていますよ。明日話しましょう」

森川は立ち上がり、手に持っていた雑誌をテーブルに叩きつけるように置いた。

四季はタイプの手を止め、瞳だけを彼女に向ける。

「失礼します」森川は頭を下げる。

四季に背中を向け、ドアから出ていった。

僕はその部屋の一番端、ソファで横になっていた。僕がいたから、森川はあんなに反発したのではないか、と思えた。つまり、見栄、あるいは意地、その種のつまらない感情である。

「そのとおり」四季は言った。

「え、何が?」僕は躰を起こして彼女にきいた。

「貴方が今考えたとおりよ」四季は横目で僕を見て笑う。

僕は起き上がって、彼女のデスクまで歩いた。四季はタイプをまた始めている。IBMが彼女のために提供している最上位機種だ。軽やかな機械音が途切れない。

「君が考えていることを当てようか?」僕は言う。

「煙草《たばこ》は吸わないでね」

僕はポケットへやった手を引っ込めた。

「だんだん機能低下する」僕は言った。「本人は自覚していないのにね」

「どうして人間って、すぐに使えなくなってしまうのかしら」

「使われたくないからだよ」

「面白い洞察」四季は一瞬だけこちらを見た。「其志雄さんじゃないわよね?」

「僕は評価されていないってことかな?」

「ごめんなさい」彼女は可愛らしく微笑んだ。「冗談のつもりです」

「彼女は辞めさせた方が良い」僕は言った。

「みんな、そう言っているわ」

「みんなって?」

「私の中のみんな」

「ああ、そういう意味か。で、君は？」

「どちらでも」彼女はタイプを打ちながら首をふった。「冷たい？　ずっとお世話をしてもらっているのに」

「彼女は君に甘えたいのかもしれないよ」

「甘える？　どうやって？」

僕は可笑しかったので、思わず笑ってしまった。

「可笑しい？」四季は手を止めてきいた。

「うん」

「ああ、そうか」彼女は頷いた。「そういうこと」

彼女は立ち上がり、タイプから紙を引き抜いた。そして、それを持ってドアまで行く。

「森川さん！　ちょっと来て」

「明日までそっとしておいてあげたら？」

森川は来なかった。

「聞こえないのかしら」

「来ないよ」

「手紙を出すだけなのに」

「僕が出してあげるから」

「明日、森川さんに頼んであげるよ」

「無理」

「まったく……」四季は溜息をついた。

ソファまで戻り、彼女はそこに躰を沈めた。

「どうしろって言うの？」

「疲れているんじゃない？」僕は彼女に近づいた。

「そう、熱があるみたい」四季は言った。

「え？」僕は驚いて、彼女の額に片手を当てた。「本当だ。大変だ……」

「大変ではない。慌てないで、風邪薬を飲んで、寝ます」

「ちょっと待っていて」

僕はドアを開けて通路へ出た。

森川がいる部屋の前まで行き、ドアをノックする。

「森川さん。僕です」

ドアが開き、目を真っ赤にした彼女が現れる。僕よりもずっと年上の女性だ。

「話をしたくありません」彼女は言った。

「四季さんが、熱を出している」

「え？」

「すぐに医者を」

「あ、はい……、わかりました」

5

「どこかで、ウィルスをもらったね」僕は言った。

「そうみたい」彼女は頷く。目を瞑り、素直な少女の顔に戻っていた。「何もしたくなくなってきたわ」

「うん、大人しくしていた方が良い」僕は彼女の代わりに周囲を見回した。同じ部屋に知らない男がいた。まだ若い。Tシャツにジーンズというラフなスタイルで、痩せている。袖口から出た二の腕は女のようだった。筋肉などない。髪を伸ばし、ひ弱そうな白い顔をしている。

「誰? あれは」僕は四季に尋ねた。「初めて見る顔だ。ここにいるってことは、君の知り合い?」

「ああ、そう……」四季は答える。「気にしないで。ちょっと、お願い、眠らせて」

「ああ、疲れているね。安心してお休み」

Tシャツの男が四季のところへ近寄ってくる。顔を覗き込み、額に手を当てる。ソファの横にあった毛布を広げて、彼女の躰に掛けた。

「寒くない？」彼はきいた。

「大丈夫」四季の代わりに僕が答える。「森川さんは？」

「医者を呼びにいった。彼女、部屋で泣いていたよ」

「どうして？」

「どうしてって……」彼は僕をじっと見据える。「あれ？　君、もしかして……」

「貴方、誰？」僕は尋ねた。

「ああ、僕は、その、えっと、何ていうのか」そこで少し苦笑いをする。「名前は一応、其志雄だけれど。その、統一的な……」

「僕と同じ名だ」

「やっぱり、そうか。四季さんは眠った？」

「うん。森川さんと何かあったの？」

「最近多いね」彼はそう言って短い溜息をついた。「彼女、誰ともうまくいっていない。仕事でも、両親とも、叔父叔母とも」

「うまくいくことに価値を見出していないだけさ」

「うん、それはわかる。だけど、消耗するのは損だ」

「僕もそう思ったけれど、でも、駄目だね」

「駄目？　つまり、聞かない？」

「うん」僕は頷く。「どうして、貴方は、其志雄っていう名なの？」

「さあ、そんなこと知らないよ」彼は吹き出した。「僕は、四季さんと血がつながっている。正真正銘の兄貴なんだ。歳が多少離れているけれどね」

「知らなかった」僕は言った。「双子のお兄さんが死んだという話は聞いたことがある。そっちの方は、つまり、僕になったわけだけれど」

「そう。それは事実だ。でも、そいつには名前はなかった。其志雄というのは、もっとまえに生まれた兄貴の名で、僕は、その、実は本人じゃないからよくは知らないのだけれど、両親ともが四季と同じじってことはなさそうだね。戸籍上も存在していない」

「どうして、僕に教えてくれなかったんだろう？」

「面倒なことになるからかな。それとも、嫌だったんだろう。君に見せるのがね。そうだ、君は、この僕が見えるかい？」

「え？　見えるけれど」

「同じ目だからね」

「どういうこと？」

ドアが開いて、森川須磨が入ってきた。瓶とコップを持っている。

「お医者さまが、もうすぐいらっしゃいます。何かお飲みになりますか？」森川はソフアの横で膝を折った。「どんな、具合ですか？」

「ジュースある？」僕はきいた。

「あ、貴方……」森川は僕に気がついた。「四季さんは？」

「眠っているよ。ごめんね、彼女、疲れていて、熱もあったし、だから、多少ヒステリックになっていたんだと思うよ」

「ジュースを、持ってきます」森川は再び立ち上がって、部屋から出ていった。

「君も眠った方が良い。君だって、体力を消耗させているんだから」其志雄が言った。

「ジュースを飲んだらね」僕は答えた。

6

医者が四季を診察している間、僕は隣の部屋で森川須磨と向き合った。彼女が話したいことがある、と僕を誘ったのだ。

「私、辞めさせていただこうと思います」姿勢良く椅子に腰掛け、彼女は話を切り出した。「本当は、もうずっとまえから、そう決めていました。どうしてもそれが言いだせなかったんです。今でも、四季さんに面と向かっては、とても言えません」

「辞めて、どうするの？」僕はきいた。

「決めていません、なんとかなると思います」

「うん、なんとかなるよ、もちろん、君は有能だし」僕は頷いた。「決心は固そうだから、あまり言いたくはないけれど、礼儀として、一応、引き留めることにするよ。四季さんは、君を必要としている。これは本当だ。周囲は実のところ、けっこう君に対して懐疑的だったことがある。でも、彼女だけはいつも、君のことを擁護していた。もう何年になる？」

「三年になります」森川は下を向いて、口に手を当てた。「とても、短かった……」

「三年か、うん、そろそろ限界かもしれないね。僕だって、もう彼女にはとてもついていけない。彼女は、誰も必要としていないように見える。でもね、絶対に表には出さないけれど、何人かの人間を、彼女は頼りにしているよ。そういう人間を彼女はいつも捜しているんだ」

「私ではなく、大勢の有能な人たちが、四季さんを支えると思います」

「うん、そうだね」僕はまた頷いた。「そのとおりだ。わかった。彼女には、いつ話す？　やっぱり、直接言うべきだと思う」

「お元気になられるまでは待ちます」

「ありがとう」僕は礼を言った。「煙草を吸っても良い？」

「どうぞ」

僕は煙草を口にくわえ、ライタで火をつけた。吸い始めて、まだ一年とちょっとだ。四季の前では吸えない。

「浅埜先生とは、その後、どう？」僕はきいた。

「どうって？」森川は一瞬だけ目を見開き、すぐに反動のようにそれを細めた。「アフリカに行かれたのでは？」

「連絡はない？」

「私に？」

「そう……」僕は頷いた。「君と関係があったでしょう？」

「あの……」森川は顎を上げる。

「腹の探り合いをするつもりはないよ」僕は言った。「君は、いろいろなことを知っている。たとえば、僕が何者かを知っているね？」

「いえ、私は……」

「隠さなくても良い。何も知らないなら、そんな返答にはならないはずだ。浅埜先生が何をしたのかも知っている。君は、情報通だ。真賀田教授とも、それに新藤院長とも、親しい」

「何がおっしゃりたいのでしょうか？」

「勘違いしないでほしい。君を侮辱しているのではない。そういったことに僕は興味がないし、どんな評価も下さない」

「私は、ええ、だいたいのことは知っています。なるべく多くを知ることが、自分の身を守ることだと信じて、これまできました」

「辞めるときに、あるいは、辞めたあとに、その情報を有効に使おうと？」

「いいえ」彼女は僕を真っ直ぐに見た。「とんでもありません。そんなつもりはまったくありません。この三年間、大変お世話になりました。裏切るような真似をするつもりはありません」

「わかった、それを聞いて安心した」僕は微笑んだ。「ところで、まえにお願いしたことがある調査だけれど、もしかして、もう忘れてしまったかな？」

「忘れていません。現在も調査は続けていますが、こういったことには時間がかかります」

「そうか、無理かもしれないなぁ」

「各務亜樹良さんをご存じですか？」森川は言った。「四季さんとコンタクトのあるエージェントです」

「うん、ジャーナリストだよね」

「表向きは」彼女は頷く。「あの方に依頼すれば、何かつかめるかもしれません」

「そういう力のある人なんだね？」

「組織力が違います」

「なるほど、ありがとう」

7

医者が四季に注射を打った。躰がますます熱を帯び、僕は不思議な浮遊感を味わった。けっして不快ではない。どちらかといえば、気持ちが良い。四季は眠ったままだった。そのせいもあって、僕はどこへでも行ける、どちらへも向ける、両手両脚をいっぱいに伸ばしても、どこにも触れない、そんな自由に優しく、柔らかく包まれた。ぼんやりと明るい、広い場所。

上も下も、右も左もない。

そこに、僕は一つの細胞となって浮かんでいるのだ。

分裂をしたばかりの細胞だった。

僕の隣に、四季がいる。

彼女はまだ眠っているけれど、その息も、鼓動も、僕に伝わってくる。

静かだ。

とても、静かだ。

血液の流れる音が、せせらぎのように聞こえる。

草原だと思えば、草原。

宇宙だと思えば、宇宙。

そういう自由な空間に、僕たちは二人だけ。

僕という存在は、これだけで充分なのではないだろうか。

どうして、外へ出ていって、細かいこと、無駄なこと、不合理なこと、どうせいつかは消えてしまうようなことに、関わらなければならないのか。

いったい何が得られるだろうか？

ここに浮かんでいる方が、ずっと創造的だ。

素晴らしい発想が生まれるにちがいない。

何の抵抗もない。何の摩擦もない。

自由。

これが、本当の自由。

これが、唯一の自由なのでは。

時間を遡《さかのぼ》ってみよう。

場所をどこにしようか。

いつでも、どこへでも、僕は行ける。

こっそりアメリカから戻ったあの夜。

車の後部座席に乗り込んだ。窓の外には、各務亜樹良の顔。

運転手は僕たちを見て、頭を下げた。望月という名の男。

病院へ近づくと、その手前で、僕たちは車から降りた。

浅埜が歩道に乗り上げた車の中で待っていた。大きなジープ。あの頃から、彼はアフリカへ行きたかったのだろうか。

「どうです？　大丈夫でしたか？」四季が彼に尋ねる。

「はい、なんとか」浅埜は答えた。「シーツの中に、枕を入れたり、偽装を凝らしていましたが、結局、誰も治療室には入れませんでした。消毒が大変だと言い訳をして」

「お世話をおかけしましたね」四季が言う。

「大変申し訳ありませんが、また、窓を通っていただかないと」

「ええ」くすっと四季は笑う。

四季と僕は暗い庭園の中を進んで、中庭の窓の下で待っていた。空を見上げると、星が沢山。常夜灯の灯りは消されていたので、ますます鮮明だった。

「楽しかったね」僕は四季に言った。

「何が？」

「いや、こっそり日本を抜け出したりして」

「どきどきした？」

「これは君の心臓だよ」

「貴方は、どきどきしない？」

「うん、そんな気持ちはするけれど」

窓の明かりが僕たちを包み込んだ。浅埜がカーテンを開けたからだ。彼は窓を静かに開ける。

「さあ、お願いします。気をつけて」浅埜は窓から身を乗り出し、両手を四季に差し出した。四季は彼に抱かれ、軽々と持ち上げられる。

明るい部屋の床の上に立つ。消毒の香り、そして、計器の細かい発光と電子音。ドアの手前にはパーティションが幾つか並び、通路の窓からは覗けないようになっていた。

浅埜は窓を閉め、カーテンを引いた。

彼は四季を見下ろし、溜息をつき、そして微笑んだ。

「もう、大丈夫です」彼は言う。きっと自分自身に言いたかったのだろう。

「浅埜先生」四季は言う。「内緒の話を」彼女は小さな片手を口の前で立てた。

浅埜は膝を折り、四季に顔を近づける。

彼の耳元で、四季は呟いた。

「貴方が殺したことは、内緒にしましょうね」

浅埜は動かなくなった。

やがて、膝を床につき、両手を握り締めた。

今でも、そのときの情景を、僕はときどき思い出す。

浅埜の腕に抱かれて、四季は部屋の中に入ったのだ。

他に誰もいない。

大人の男、しかも殺人を犯した人間。

彼女は、何故あのとき、あんなことを口にしたのだろう。

とても危険な行為だったと僕は思う。

現にそのとき、僕はとてもびっくりした。浅埜が彼女の首に手をかけてきたら、どうしたら良いか。どうすれば対抗できるか、それを必死で考えていた。

あれは、彼女にとっても、賭けだったのか。

それとも、
死んでも良い、と四季は覚悟していたのだろうか。

そう……、
四季は、いつも、
基本的に、生命に執着《しゅうちゃく》していない。

自分の命さえ、彼女は何とも思っていない。

その傾向には、ずいぶんまえから、僕は気がついていた。

一度、そのことで彼女に尋ねたことがある。

何年もまえの、春？　それとも初夏。

場所は、そう……、別荘の近くの高原。

近くに、四季の父親と、もう一人、見知らぬ女がいた。

あれは誰だったろう。

遠くて、よく見えなかった。

僕と四季は、一面の花畑の中に立っている。

淡い赤。揺れる無数の小さな花。

その花たちを、四季は一つずつ摘《つ》んで、そして捨てる。

それを繰り返し、いつまでもやめなかった。

「どうして、花をちぎるの？」僕はきいた。

「みんながしていること」

「みんなは、花を摘んで、飾ろうとしているんだよ。ほら、帽子のところや、首飾りや、それに花瓶にさして、窓辺に置いたり」

「花にとっては同じこと」

「機嫌が悪いね。あの女の人のせい？」

「黙っていて」

「悪かった。でも、ねえ、やめた方が良いよ。花を摘んでも、何も解決しない」

「解決なんか求めていません」

「花にも命がある。植物も動物も、同じ生物だ。無駄に命を消してはいけない」

「何故？」

「何故って、きっと、お互いのためなんだと思うよ。一つがなくなると、周囲が困る。そうして、影響が広がっていくんだ」

「どうせ、いつかは枯れてしまうのよ」

「君だって、いつかは死ぬ。だけど、生きている間は、楽しいことができるんだ。それを大事にするっていうことじゃないかな」

「私、別に、生きていたいなんて思わない」

「どうして？」

「その質問は、まず、どうして生きたいのか、に答えてからでなくては意味がないわ」

「だから、それは、楽しいからだよ」

「楽しいと思い込んでいるだけよ」四季は笑った。「生きていることが、どれだけ、私たちの重荷になっているか、どれだけ、自由を束縛しているか、わかっている？」

「生きていることが、自由を束縛している？　それは、逆なんじゃない？」

「いいえ。生きなければならない、という思い込みが、人間の自由を奪っている根元です」

「でも、死んでしまったら、何もない。自由も何もないじゃないか」

「そう思う？」彼女は微笑んだ。

「だって、それは常識だろう？」

「常識だと思う？」

風が彼女の髪を動かした。

彼女の手から、赤い小さな花びらが飛んでいった。

温かい日差し。

今も、とても温かい。

眠ろう。

気持ちが良い。

死ぬときも、
こんなに、気持ちが良いのだろうか。

8

数ヵ月後、僕は久しぶりに日本に戻れることになった。面白いことに、パスポートでは、僕はアメリカ人だった。これを用意してくれたのが、各務亜樹良という女だ。

彼女は一ヵ月ほどまえに一度アメリカに現れ、そのとき、僕は調査の依頼をした。空港に出迎えにくる約束だったので、その結果を彼女から聞くことが一番の楽しみだった。ゲートを出ていくと、サングラスをかけた各務が待っていた。周りを見回したが、他には誰も顔見知りはいない。

彼女の方へ近づき、そのまま駐車場へ急いだ。

「もっと大勢の出迎えがあるのかと思っていた」歩きながら、僕は彼女に尋ねた。「もちろん、二人だけの方が、ずっと良いけれどね」

「私だけではありません」各務は答えた。「十人以上の人間が貴方を守っています。ただ、目立たない方が絶対に安全なので」

「そういう貴女が、けっこう目立ちますよ」僕は言ってやった。

駐車場で車に乗り込んだ。彼女が運転席、僕が助手席。車が動きだすと、周りで三台の車がヘッドライトをつけた。

ハイウェイに出たところで、僕は彼女に許可を得て、煙草に火をつけた。

「以前にお願いした例の件だけれど」僕はきいた。

「はい。ご要望には、お応えできると思います」彼女は即答した。

「え？　それは、もしかして、見つかったってこと？」

「たぶん」彼女は前を向いたまま、無表情で頷いた。

「本当に？」僕は少し咳《せ》き込んだ。煙のせいだ。「だって、森川さんにお願いして、半年近くも調べてもらったのに、何もわからなかったんだよ。どうやって、こんな短期間に？」

「プロセスをご説明する義務はないものと解釈していましたが」

「もちろん、それは……」

「ただ、申し上げられることは、個人の口から情報を聞き出すには、それなりの手法があります。少なくとも、名前から検索したのでは辿り着けなかったでしょう」

「うん、そうか……」僕はゆっくりと煙を吐く。「それは凄い。日本に来た甲斐があった」

「そのために、貴方を日本へお連れしたのではありません」各務は言った。「今回のプロジェクトにとって、貴方はとても重要な存在なのです。どうかよろしくお願いいたします」

四季が企画したソフトウェア開発の事業のことだ。まだ詳細は聞いていなかったけれど、そんなものに手を出して見込みがあるのかどうかも疑わしい。この各務という女は、その事業に対して資金提供をしている組織の人間だ。

急に眠くなった。

時差の関係かもしれない。

僕は助手席で眠ってしまった。

夢の入口で、僕は声を聞いた。

とても近い声だった。

「よくやった、お前の役目はもう終わった。ゆっくりと休むことだ」

9

四季は、ホテルの一室で其志雄を出迎えた。深い絨毯が敷かれた広い部屋だった。重そうなシャンデリアが頭上に眩しい。同室にいたのは、真賀田左千朗、そして新藤清二の兄弟。

ドアが開き、其志雄が入ってきた。通路には各務亜樹良の他、二人の男が立っていて、軽く頭を下げた。ドアは彼らの前で閉まり、其志雄だけが室内に残された。四季が彼に近づく。

「戻ってきたよ」其志雄は両手を広げて四季に見せた。

彼のその声を聞いて、四季は立ち止まった。

「お兄様？」彼女は小首を傾げる。「どうして？」

「こんなときだからね」彼は低い声で話した。「お父様、それに叔父様、お久しぶりです」彼は、二人に頭を下げる。「本当に今日は、特別な日だ」

真賀田左千朗と新藤清二は、彼に歩み寄って握手をし、奥のリビングへ導いた。

「どういうこと？」四季は囁くように独り言を呟いた。珍しいことだ。

僕は黙っていた。少しだけ、彼女が何を考えているのかがわかった。どうして、透明人間氏ではなく、真賀田其志雄本人の人格がこんな公の場所に現れたのか、という疑問である。

しかし、僕には特に不思議には思えない。透明人間氏だって、最近はずいぶん変わった。成長し、大人になっている。人とつき合う方法も覚えただろう。つまり、其志雄との同化が進んでいるのかもしれない。それに、彼自身が言ったように、今夜は確かに特別な日だ。父親と叔父に直接会うことのできる、貴重な時間だ。ずっと遠く離れた場所にいたせいで、彼が無意識にそれを待ち望んでいた、という可能性も考えられる。

リビングへ入る手前で、四季は立ち止まった。

彼女は反対方向へ駆けだし、ドアを開けて、通路へ出た。

その通路をさらに走る。

コーナを曲がったところで、ずっと先に三人の姿が見えた。

エレベータを待っている各務亜樹良、そして大男が二人。

「待って！」四季は高い声で叫んだ。

エレベータのドアが開いたが、各務はこちらに気づいて、前に進み出た。

「どうかしましたか？」膝を折って各務は四季に尋ねる。

「彼に、何か頼まれましたか？」四季はきいた。

「ミスター・パクのことですか？」各務はきき返す。その名は、其志雄の偽造パスポートに記載されている彼の別名だった。「いえ、特に、何も承っておりません」

「本当ですね？」四季は彼女を見据える。

「はい」各務は頷いた。

「ありがとう」四季は小さく頷き、遅れて微笑んだ。「ごめんなさい、私の勘違いでした」

彼女に勘違いなどありえない、と僕は思った。しかし、黙っていることにする。

僕と四季は、通路を戻った。

「何を気にしているの？」僕はきく。

「いえ」四季は答える。「以前に、其志雄さんは、森川さんにある調査を依頼したことがあるの」

「ああ、なんかそれらしい話は聞いたことがある。調査は、うまくいかなかったって……」

「ええ、私がそうさせたの」

「何の調査？」

「貴方には関係ありません」

第6章　永劫の約束そして消滅

しかし彼は微動だにしなかった。身動きひとつでもしようものなら、喜びの名残《なごり》が霧散してしまうのではないかと心配だったのだ。燠火《おきび》のようなカーテンや、室内の薔薇色に染まった空気のなかできらきら光っている寝台の、鋼鉄と銅でできた渦巻《うずまき》模様を眺めながら彼が味わっている目の快楽が、消えてしまうのではないかと心配だった。水をたたえたクリスタル・ガラスの水差しの脇腹に戯《たわむ》れている光、その虹色の反映のなかには、昨夜からのいいしれぬ悦楽が逃げこんで、溶けて身を縮め潜んでいるようにさえ思われた。

1

父親の出張についていくことになった。国内で国際会議が開かれるためだ。こうした公式の場に四季が出ていったのは初めてのことだった。マスコミでは彼女は知られた存在だったが、アカデミックな場では誰も彼女を相手にしない。それは、彼女には身分も業績もなかったからだ。

「そういったものを、地道に蓄積していくことが大切だ」真賀田左千朗は娘にそうアドバイスした。

「はい、お父様」四季は人形のように素直に頷いた。

カンファレンスが終了してから、会場となったその大学の図書館へ彼女は出向いた。休日だったが、事前に手配されていたこともあって、特別に許可され、父親と二人で入館することができた。

ここにしかない資料に彼女は飛びつき、それらを数時間で吸収した。それから、最新の学術雑誌を確認する。

森川須磨は一緒ではなかった。彼女は、一度は辞表を出したものの、真賀田教授や新藤清二に説得され、結局、四季のアシスタントをまだ続けている。しかし、確実にその影響力は衰えた。新しく二人のアシスタントが加わり、森川は、その中では四季との緊密さが最も少ないスタッフとなった。工学関係の知識が彼女では追いつけなくなったためで、今では、単なるマネージャ、スケジュール管理、あるいは身の回りの世話をする家政婦に近い。それでも、森川は、その方が自分には適している、と僕に話してくれた。案外、彼女自身はほっとしているのかもしれなかった。

四季は数々のプロジェクトを立ち上げ、その傍《かたわ》らで研究を同時進行させている。具体的に論文の形になっているものはまだない。しかし、この数年のうちに、幾つかは確実に世に出ていくだろう。そうなれば、彼女は専門分野でも注目されることは間違いない。どちらかというと、その時期を遅らせようとする勢力が、彼女に出資する組織にあった程だ。その方が、才能を長く占有することができる、という理由からだった。四季自身は、そういった方面には興味は示さない。身の回りの分野の開発的研究に関わっているのは、彼女のごく表層の人格で、表に現れるような成果はすべて、片手間に行われたものだった。彼女の中心人格が今、何を考え、何を見つめているか、もう僕にも想像ができない。おそらくは、数十年、あるいは百年後の世界を遠望しているのではないか、と想像するだけだ。

「人間が多過ぎるのね」と彼女はよく口にした。

「大勢で力を合わせて、今までなんとかやってきたんだよ」僕は言った。はたしてそうだろうか、とは思ったけれど。

残念ながら、この頃ではもう彼女との会話は続かない。ときどき彼女の呟きを聞いて、僕がそれに反応しても、言葉にしたそのときには、もう彼女はそこにはいない。速すぎる。とても速くて、見えないくらいだ。ますます速くなっている。彼女から見れば、人間の時間なんて、止まっているみたいなものなのだろう。人の歴史も、時代も、何もかもが、彼女とはスケールが合わない。つまりは、自分自身の躰さえも。

生きていることが、彼女の自由を束縛している、という意味を僕はようやく納得した。少女の小さなその躰が、これほどまでに強力で巨大なシステムを支えているという不思議な構図、そしてその矛盾した構造。でも、それだからこそ、四季は四季なのであって、僕にとっては、それがこのうえなく愛おしい。

彼女のことが好きだ。

僕以外に、いったい誰が彼女をちゃんと理解できるだろう。この近さは、それでもアンドロメダほども隔たりがある。単に最も近い、というだけのことだ。

雑誌を読んでいた彼女が溜息をついた。

「疲れた?」僕は尋ねる。こういった機会は外せない。彼女と会話ができる貴重なタイミングだった。

「ええ、少し」四季は頷いた。「体力がないんだ、私って」

「このところ、ずっと忙しかった。無理もないよ」

「あぁ、少し眠るわ。ホテルに帰るまでお願い。今夜は……」

「久しぶりにお兄様に会う」

「そう、サンキュー、マネージャ」

「お休み」

僕は彼女の躰のコントロールを引き受ける。彼女の役に立つというだけで、僕は嬉しい。

雑誌を片づけるのは、職員にお願いした。貸し出してもらいたい本だけを持っていくことにする。ずっと座っていたので、少し運動をした方が良いかもしれない。ゆっくりと館内を歩き、彼女の父親を探すことにした。おそらく資料室だろう。地下にいる、と聞いていた。

階段を下りていくと、資料室の鉄の扉を開けて中へ入っていく女性の姿が見えた。白い服装で髪が長い。その部屋には四季の父親がいるはずだ。

以前にあったシチュエーションを僕は連想していた。

高原で見た、あの女。

それは、四季の母親ではない。

その女が、真賀田左千朗と二人でいた。

まだ四季が小さかった。つまり、四季や僕の能力を、まだ父親が理解していなかった頃。まだ何もわからない子供だと思っていた頃だ。

そんな連想をして、僕は少し四季の鼓動を速くしてしまった。

彼女が目を覚まさないように、注意しなければ。

それが僕の役目なのだから。

持っている本を一度下に置く。そうしないと、重いドアを開けることができなかった。

資料室の中にはスチールの棚がずらりと並んでいるので、部屋は見通せない。

少し歩くと、右手の奥に、真賀田左千朗が立っていた。

「四季」片手を挙げて彼は微笑んだ。「どうした?」

「いいえ、ちょっと調べものを」

「高いところのものは、言いなさい」

「はい、お父様」

良かった。

あの女と一緒ではなかった。

僕の勘違いだったようだ。

さらに部屋の奥へ進んだ。

次々に書棚が過ぎる。しかし、女の姿はなかった。

一つ手前まできて、並んだ本の隙間から白いスカートが見えた。

良かった。

真賀田左千朗とは、ずっと離れた場所だった。

それが確かめられただけでも、なんとなく嬉しい。

僕はもう数メートルだけ進んで、女の姿を覗き見た。

本を手に持っている。

彼女の後ろ姿を、じっと観察する。

やっぱり、あのときの女ではない。

髪が黒い。

そうだ、思い出した。

あのときの女は、ブロンドだった。

あれは、日本人ではなかった。

誰だったのだろう?

「こんにちは」僕は声をかけた。

彼女は振り返った。

瞳の大きな顔。

少し驚いたようだ。

「あら、また会ったわね」彼女は言った。

僕には覚えはない。きっと、四季が会ったのだろう。

「すると、向こうの紳士が、貴女のお父様かしら?」彼女は目を細め、優しそうな表情できいた。

少しだけ、普通の人間よりも反応が速い。

ときどき、この種の人間に出会うことがある。

僕は試してみることにした。

「その資料を読みにいらっしゃったのは、ＡＳＩＳの最新号を読んだからですね？」僕は言った。彼女が持っている本が見えたし、それは、ついさきほど四季が読んでいたものだったからだ。

女は目を見開いた。

面白い。驚いている。

でも、少し可哀想になった。

「驚かないで下さい」僕は微笑んで、彼女に言ってやった。「実は、私も今さっき、それを読みました。お名前をきかせてもらえませんか？」

「瀬在丸《せざいまる》ですけど」女は答えた。

「瀬在丸さん？」聞き覚えがあった。「ああ、新聞で名前を見ました。連続殺人事件の解決に協力をして、表彰されたでしょう？」

「あ、ええ……」

珍しい名前だから覚えていたのだ。そうか、あの事件はこの街だったのか、と僕は思う。

「嬉しかった？」久しぶりに会話がしたくなって、僕は尋ねた。

「え？」彼女はまた驚く顔。とても可愛らしい。「いいえ、そんなつもりで協力したのじゃないから」

「では、どんなつもりで？」

「どうして、そんなことに興味があるの？」

ああ、やはり、この人は少し違う、ということがわかった。こんな時間にここにいること自体、普通ではない。その種の才能なのだろう。

「貴女が教えてくれたら、私も教えます」僕は友好的に微笑んで首を傾げてみせた。

「わかった」彼女は棚に本を戻してから、僕の前まできて、屈《かが》み込んだ。スカートが床に広がって、僕はそれが気になった。「私はね、その捜査をしている警部さんのことが好きだったの。それが理由です。彼のために、事件を解決してあげたかった」

なんという答だろう。

僕は笑うのを堪《こら》え、深呼吸を一度する。

今度は少しこちらが驚かされた。

目の前の彼女はにっこりと微笑んでいる。

既にペースを取り戻しているのだ。尋常ではない。

「ありがとう」僕は余裕を見せるために、とりあえず頷いた。

「貴女の番よ」顎を少し上げて、彼女は促す。

相手を見くびっていたことに僕は気づいた。

軽く処理できる相手ではない。ちゃんと接しよう。しかし、四季を呼び起こしたくはなかった。なんとか僕一人で対処しなければ……。

記憶を呼び起こして、この街で起こった事件についての情報を彼女に与えてやる。それで、相手を圧倒しようと考えた。

「それ、いつのこと?」彼女はきいた。

「二年と四ヵ月と十三日まえ」計算して答える。

「貴女は、そのとき、いくつだったの?」

「六歳」

「本当のお話?」彼女は息を止め、目を見開いた。「貴女、いったい……」

どうやら、こちらのことを少しはわかってもらえたようだ。

四季のことを知らないのだろうか、こんなに有名なのに。

さらに、僕は記憶の情報を引き出して説明した。

「ふうん、そう……」彼女は大きな瞳をさらに開ける。「凄いんだ、貴女」

「新聞とか、テレビは、見られないのですか?」

「そうなの。私、貧乏だから、どちらも家にはないわ」

「だから、私のことを知らなかったのですね」

「あ、そうなの？　テレビに出たことがあるのね？」

多少、自己嫌悪を覚えた。

四季ならば、絶対にこんな会話はしない。

僕はつい相手に関わり過ぎてしまう。

「どうでも良いことですけれど」僕は彼女から視線を逸らした。「もう、行きます。お話ができて楽しかった、瀬在丸さん。貴女、面白い人ですね」

「どうして？」

「反応する時間でわかります」

「反応……」女は不思議そうに首を傾げる。

僕は彼女に背中を向けた。

「待って、ごめんなさい」後ろから呼び止められる。

そうか、僕の名前が知りたいのだ。

「私の名前でしょう？」振り返って微笑む。

「ええ、お願い。教えてもらえない？」

「栗本といいます」

「栗本さんね。下のお名前は？」

少し驚いた。子供だからきかれたのかもしれない。相手の名前を記憶から呼びだした。

「瀬在丸さんのファーストネームは、紅子《べにこ》さんですね？」

「そうよ。ありがとう、覚えていてもらえて嬉しいわ」

「私は、其志雄です」

「キシオさん？　栗本キシオさん？　男の子の名前だわ」

「ええ」僕は笑いそうになる。

「でも……」

「貴女が今見ているのは、私の妹です」

これが驚かす最後だ。

僕は、彼女の目をじっと見た。

それが、どう変化するのかを……。

けれど、
彼女の表情は、意外なほど穏やかなまま。

変わらない。

「え？　ああ、そうなの……」紅子は自然に微笑んだ。「とても可愛らしい妹さんだわ。そうお伝えしてね」

これには、驚いた。

どうしよう……。

僕は躊躇する。

こいつは、何者だ？

なんとか気持ちを落ち着け、またメモリィから情報を引き出した。僕はそれを披露する。

「博学なのね」彼女は微笑んでいる、まったく動じない。

「貴女ほどではありません」僕は正直に言った。

「その、春夏秋冬が、どうかしたの？」彼女が尋ねる。

「それが妹の名前なんです」僕は答える。

一瞬、頭がぼんやりとして、僕はそこで止まってしまった。

「え？」彼女の声が聞こえた。

「もう、どうでも良いことですけれど……」四季が答える。彼女が起きてしまったのだ。「失礼します」

僕の意識は急速に薄れ、そして眠くなる。

歩いていることしか、わからなくなってしまった。

「起こしちゃったね」僕は四季に謝った。

「迂闊《うかつ》ね」四季は言う。

「ごめん。起こすつもりはなかったんだ」

「違う、どうして、もっと早く起こしてくれなかったの。それが迂闊だって言ったのよ」

「え?」

「あの女のこと、調べさせて」四季は言った。

「瀬在丸紅子って聞いたけれど、会ったことがあるんでしょう?」

「ええ、一度だけ」

2

草原だ。

赤い花が一面に咲いている。

しかし、僕には関係がない。

何のために、こんなに沢山咲かなきゃならないのか、まったく馬鹿馬鹿しい。そう考えると、可笑しくて笑えてくる。

砂利道だった。

奇妙な音を立てて、僕はその木造の家に近づく。

西の空も赤い。

歪《ひず》んだ可視光線。
割れそうな天球に。
リズムを嫌う風の息。
斜めに傾いた標識。
朽《く》ちつつある柵。
土に還る亡骸。
叫ぶ声の主。
夢を運ぶ。
血の声。
ステップを上がっていき、僕は木製のドアをノックした。
白く爛《ただ》れた煉瓦。
木目を明確にする壁。
薪が軒先に積まれている。
眠っている生命とともに朽ちる。
土、石ころ、雑草、吸い込まれる水分。
何だ。これは何だ？　この手は、何だ？
指。指の関節。爪。力。血。傷。肉。土。

どうか。お願い。僕の前に。出てこないように。
恐い顔。ずっと。夢の中。いつも。恐い顔だ。お願い。
青い目の。金色の髪の。白い首。赤い唇。顎。頬。眉。瞼《まぶた》。
「どなた？」声がした。
ドアが少しだけ開く。
女は、僕を見て、最初は微笑んだ。
それから、
宇宙飛行士みたいに血の気がなくなって、
目は動かない、口も動かない、何もかも止まってしまった。
それから、
喉が震え、手が震え、瞳が震え、息がもれる。
傘みたいに倒れそうになる。
僕がそれを支えた。
「大丈夫ですか？」
「貴方は……」
「中に入って、ゆっくりと話しましょう」僕は優しく言った。
「貴方は……、其志雄？」

「はい、お母様」

3

ホテルに戻ってから、僕は電話で森川を呼び出した。今日、図書館で会った女の名前を告げて、彼女に関して情報を集めるように指示した。

「もしもし、森川さん、其志雄さんを出して」突然、四季が割り込んできた。

「はい、あの……、それが、お昼過ぎにお出かけになって、まだ戻られません」森川須磨が答える。「こちらも、心配しているところなんですが」

「そのまえに、誰かから彼に電話がなかった？」四季は尋ねる。

「あぁ、はい、各務さんから、確か……。それで、其志雄さんと替わってほしいと言われて」

「どんな話だった？　彼、どんな様子だった？」四季は早口できいた。

「いえ、私は、その場を離れてしまいましたので、聞いていません」

「各務さんに至急連絡を取って。すぐにこちらへ電話をするように伝えて」

「はい、わかりました」

四季は受話器を置いた。

ホテルの一室。

黒い窓ガラスには水滴が流れている。部屋には僕たち以外に誰もいない。テレビの画面はニュース番組を映している。

「どうしたの？」僕は尋ねた。

「黙ってて」

「何か手伝えることがあったら……」

「ないわ」

僕は黙った。これ以上口を出すと、彼女は僕を遮断してしまうだろう。今はまだ、窓を開けている状態、僕に外界を覗かせている。おそらく、バックアップのため。

電話のベルが鳴った。

四季は受話器を取る。

「各務です」

「其志雄さんがどこへ行ったのか教えて」四季は言った。

沈黙が数秒。

「あの、私には……」

「貴女には判断できない。一刻を争います。大きな損失を招きますよ。栗本を探させたのでしょう？」

「はい、申し訳ありません。その、私は……」

「弁解は不要です。場所は？」

「長野です」

「連絡がつきますか？」

「はい、尾行はさせています」

「すぐに彼を捕まえて。安否を確認すること。急いで」

「わかりました」

「今からそこへ私も行きます。手配をしなさい」

「今からですか？」

「すぐに」

「はい、わかりました。三十分後にホテルの前に車を回します」

「貴女、今どこにいるの？」

「お近くに」

「偶然？」

「偶然です。私がご案内します」

4

暖炉があった。

貧相な家具たち。

窓辺に植物が並んでいる。

壁にパッチワークの布が飾られていた。

ばらばらを繋《つな》ぎ止める生命たちに似ている。

「見つからなかったはずだ。お母様は、日本人ではなかった」

「ええ」彼女は頷いた。「よくここがわかりましたね」

「僕に自由と力があったら、もっと早く会いにこられたのに」

「お茶を淹れましょう」僕から目を逸らし、彼女は立ち上がった。「其志雄さんは、何が良い？　コーヒー？」

「コーヒーを」僕は応える。「お父様とは、もう会わないのですか？」

「ええ」彼女は頷いた。「最後に会ったのは、もう六年もまえのことになります。私は、貴方に会いたかったのですけれど、その願いは叶いませんでした。彼はそのとき、貴方の妹を連れてきていました」

「妹のことを、知っていますか？」

「四季さんでしょう？　噂は、少しだけ」

「彼女が、お母様の名前を覚えていたんですよ」

「まさか、あんなに小さかったのに？」ようやく歩けるくらいだった。話すこともできなかったはず」

「話さなかっただけです。彼女は特別なんです」

「貴方も、特別です」

「はい……。これは、血でしょうか？」

「そうね、おそらくは。貴方のお父様は、私の従兄弟になります。私たちの家系には、特別な者が多い」

「四季の母親は？」

「私の妹です。似ていないでしょう？　私は父に似て、瞳も髪も、こんなふうですけれど、美千代は母親似で、日本人に見えますからね」

「でも、四季は、お母様、貴女にそっくりです」

「どんな子になったかしら」

「うちの家系は、自殺者が多いのでは？」

「ええ。それも調べたの？」彼女は立ち上がった。「そう、コーヒーでしたね」

ドアがノックされた。

彼女はびっくりして振り返った。

「心配いりません、僕は見張られているんです」

僕は立ち上がって、ドアまで行った。

チェーンをしたまま開ける。ステップの上に男が一人、下にもう一人いる。

「何ですか？」僕は尋ねた。

「申し訳ありません。真賀田さんの安否を確かめるように命じられました。異状はありませんか？」男が言った。

僕はドアを開ける。

「少しは気を利かせてもらえないかな」僕は彼の前に立って言う。「実は、遠い親戚でね、まだ子供だった頃以来会っていなかった。とても久しぶりに訪ねてきたんだ」

「どうも、ご苦労様です」彼女も戸口に出てきて頭を下げた。

「とにかく、逃げたりしませんから」僕は微笑んだ。「どこで見張っていてもかまいませんけれど……」

「わかりました。どうも失礼いたしました」男は頭を下げる。

僕はドアを閉めた。

「ガードマンが必要なの？」彼女はキッチンへ戻りながらきく。

「ええ、わりと重要な人物のようです」僕は笑って答えた。

5

ホテルの前で車が急停車した。四季は雨の中へ走り出る。

ドアを開け、助手席に乗り込んだ。

「お一人ですか？」運転席の各務亜樹良がきいた。「教授は？」

「すぐに出して」

車は急発進し、次の交差点で右折する。

「ベルトをお願いします」ステアリングを切りながら各務が言った。

「どれくらいかかるの？」

「三時間」

「もっと飛ばしても？」

「二時間半くらい」

「死にたくないね」僕は言った。

「え？」各務がこちらを向く。

「いえ、今のは私ではありません」四季は前を向いて目を瞑った。「説明して下さい。

全部正直に話してくれたら、このまえの嘘は見逃します」

「申し訳ありませんでした」各務は言った。「絶対に秘密にしてほしいと其志雄様がおっしゃっていたので……」

「説明を」

「お父様の周辺から調べました。栗本という名の日本人ではなかったのです」

「そうか」四季は頷いた。「ドイツ人ね？　つまり、お母様の関係？」

「はい、そのとおりです。美千代様のお姉さまに当たる方でした。結婚して、姓はクリムト」

「しまった……」四季は舌打ちをした。「何故か、私は、そのとき見ていなかった」

「そうだよ、四季は花をちぎっていた」僕は彼女に囁いた。「君は、あのとき、怒っていたんだ」

そう、それで四季は、僕に栗本其志雄という名をつけたのだ。本物の真賀田其志雄の母を、彼女は知っていたから。

「記憶を隠蔽していたのね」四季は呟いた。

彼女だって見ていたはずなのに、僕の記憶はすべて彼女のものなのに、彼女自身がそれを拒絶していたのだ。

「百合子《ゆりこ》・クリムトは、其志雄さんの、実の母親なのですね？」各務が尋ねる。

「私の伯母であり、義理の母になりますね」四季が答えた。

「どうして、こんなに慌てる必要があるのですか？　既に其志雄さんの安否は確認いたしました。ご安心下さい」

「ええ……」四季は目を閉じたまま頷いた。

「大丈夫だよ」僕も声をかける。

ハイウェイに入ると、エンジン音は高くなった。

追い越し車線を走り、前を行く車にパッシングをして追い抜いた。ワイパは忙しく往復する。

僕はしばらく居眠りをしていた。

目を開けると、周囲が滲《にじ》んでよく見えない。

運転席を見る。

各務亜樹良がそこにいることはわかった。

こちらを見ない。

エンジン音は、既にホワイトノイズ。

僕は片手を持ち上げて、目を擦った。

濡れている。

泣いているんだ。

驚いた。

四季が泣いている。

「四季？　どうしたの？　何故、泣いているの？」僕はきいた。

彼女は答えなかった。

6

コーヒーはクゥルの毛のように良い香りがした。

「どんなお仕事をなさっているの？」百合子はきいた。

「コンピュータ関係です。プログラムを……」

「お仕事は楽しい？」

「ええ、まあ」

「もう、以前のようなことはない？」

「というと？」

「病気だと聞きましたけれど」

「ああ、ええ」僕は頷いた。「もう心配はいりません。ずっと、僕は、なんていうのか、複数に分かれていたんです。けれど、今は、うまくやっています」

「そう、それは良かった……」

「何が良かったのですか？」

「貴方が立派になって」

「一緒に暮らせると、良いですね」

「そうですね。でも、きっとお父様が許しません」

「もう、僕は大人ですよ。僕の自由で、何でもできるはずです」

「妹が、私を許さないでしょう」

「美千代叔母さんがですか？　そんな感情的な人には見えませんが」

「とにかく、私はもう……」

「もう？」

「表に出ていくことは、できない」

「では、ずっと、こんな田舎で暮らすつもりですか？」

「もうあまり、生きていたくないわ」

「何故？」

「充分に生きましたから」

「僕もですよ、お母様」

「え？」彼女は顔を上げた。

カップを置く。
皿とぶつかって小さく鳴る音。
スプーンの曲面。
テーブルの艶《つや》やかさ。
彼女の白い指が、クロスを軽く握っていた。
抜けるような金色の髪。
彼女の指が、その髪を払う。
皮膚に滲《にじ》み出る涙。
顎に伝う。
唇を噛む。
青い瞳が。
一度閉じ。
僕は立ち上がって、テーブルを迂回。
彼女の元に跪《ひざまず》き、彼女の膝に頭を沈めた。
泣く。
嬉しい。
こんなにも。

僕は、僕という人間は、脆《もろ》かった。

それが、嬉しい。

なんだ、普通じゃないか。

僕は、普通の人間じゃないか。

誰だ、僕が特別だなんて吹き込んだ奴は。

子供に戻りたかった。

もう一度、子供になって、母に甘えたい。

彼女は、僕の頭を撫でてくれた。

「其志雄」

「母さん」僕は顔を上げる。

「良いのよ」母は涙を流しながら微笑んだ。「私を、殺しにきたのでしょう?」

「母さん」

「私はね、貴方に殺されるために、今まで生きてきたのです」

7

ハイウェイから、山間の国道に下りる。真夜中の道路は真っ暗で、周囲の景色は何も見えない。雲の中を飛んでいるかのようだ。灯りがほんのときどき、深海魚のように通り過ぎる。ヘッドライトが霧を押しのけていく。センタラインが蛇のように緩慢にうねった。

四季はもう眠っている。涙も乾き、ドライな表情に戻っていた。僕は、四季のこと、僕のこと、そして四季の実の兄のこと、いろいろなことを考えた。過去のこと、そして未来のことも。どの方向にも、どこまでも無限に広がりがあって、でも、道はない。きっと行き着くことはない。四季が僕に、これを考えさせているのだろうか。

僕は、どこから来たのだろう。

僕は、どこへ行くのだろう。

そして、僕は、

誰だろう?

僕という存在は、いつまでも、灯りに照らされることはない。

僕は、人から姿を見られることがない。

四季だけが、僕を感じることができる。

そう僕に思わせてくれている。

何のために?

僕は、何のために、あるのだろう?

車の振動を、四季の躰が受け止め、その一部が僕に伝わる。
僕は、彼女を通じてしか、何も受け取ることができない。
僕が感じるものは、すべて、彼女の幻想かもしれない。
この世は、全部、何もかも、四季が思い描いている物語。
僕は、その観客？　たった一人だけの？
何故、僕でなければならなかったのだろう？
何故、僕だけなのだろう？
何故、彼女は僕を生み出したのか。
何故、僕にはそれがわからないのだろう？
人は皆、自分をどう感じているのだろう？
僕と同じだろうか。
自分の躰と、自分の精神の関係を、どう繫ぎ止めている？
自分という個体と、多くの他人の関係を、どう結ぼうとしている？
人は何をしたいのか？
どこへ行きたいのか？
それとも、どこへ帰りたいのか？
そんな理由を持っていなくても、生きていけるのは何故だ？

嬉しいとか、悲しいとか、
そんな些末な感情で処理してしまえるのは、何故だ？
人を愛して、人を憎んで、
そんなどうでも良いことに執着できるのは、何故だ？
どうして、
一番大切な自分のことを忘れられるのだろう？
自分の理由を、棚上げにして、
食べて、
眠って、
話して、
泣いて、
そして、最後には諦めて。
本当に何故なんだろう？
解決を求めないのは、どうしてだろうか？
逃げ出さないのは、どうしてだろうか？
僕には、全然わからない。
それは、僕が普通じゃないからだ。

四季は、わかっているだろうか。
彼女は、どう処理しているのだろう。
どう計算したのか。
きっと、僕には教えてもらえない。
教えてもらったら、僕は壊れてしまうだろうか。
そうか……。
知りたくないんだ。
僕は、知りたくない。
人はみんな、知りたくないんだ。
自分のことを。
自分の存在の意味を。
知ることが恐いから。
知らない顔をして、目を背けて、生きているんだ。
卑屈な生きもの。
醜い生きもの。
生きていることが恐いから、
生きていることをうやむやにして、

曖昧なまま、
生きているのか、死んでいるのか、
どちらつかずのまま、
振り子みたいに揺れている、
それが人間なんだ。
でも、僕は……、
そんなのは、嫌だ。
そんないい加減な立場はご免だ。
あぁ、そう……、ようやく、僕の気持ちがわかってきたよ。
少しすっきりしてきた。
車が揺れる。
左右に揺さぶられる。
樹の枝が、フロントガラスに当たった。
森の中へ入っていく細い道。
砂利をタイヤが踏みつける音。
轍《わだち》には水が溜まっている。
もう雨はやんでいた。

海底のような森林を抜けて、小さな灯りが近づいてくる。
建物が見えた。車が三台、その手前に駐められていた。

8

美しい。
指。
首。
瞳を閉じて。
嘘はもう終わりにしよう。
「これは、約束なんだ」僕は静かに呟いた。
ずっとまえに決まっていたプログラム。
僕の仕組み。
僕は、僕を生み出した美しいものを壊すために。
すべてを元どおりに仕舞うために。
綺麗だ。
とても、綺麗になって。

楽しく。
リズムにのって。
これが最後。
どうか、僕を元のところへ。
貴女の中へ。
戻りたい。
夢。
虹。
綺麗な。
暖かい。
血の中へ。
沈んでいく。
生まれる反対。
落ちているのか、それとも、飛んでいるのか。
僕が最後。
もう誰も生まれない。
もう誰も生きていない。

綺麗さっぱり。
すべては静寂に。
帰っていく。
宇宙のように。
元どおりになるんだね。
「母さん、ありがとう」僕は微笑んだ。
母は、笑っている。
幸せな母子。
ありがとう。
僕は楽しかった。
母さんの子で、本当に良かった。
幸せだった。
キスを。
どうか。
キスを。
泣かないで。
もう、泣かないで。

こんなに楽しいことなのに。
どうして？
こんなに綺麗なのに。
何故？
「其志雄」
誰かが呼んでいる。
僕の名を。
何もかも、夢だった。
何もかも、空だった。
何もない。
何もここにはない。
正しいものも、間違っているものも、
矛盾さえも。
一切が、夢、そして空。
最後の空。
最後の力。
最後の僕。

9

ドアは開かなかった。

「其志雄！」四季は叫んだ。

森閑とした暗闇に響く。

男たちが、体当たりしても、頑強なドアはびくともしない。

「窓は？」

「向こう側は崖で、近寄れません」

「車から工具を」各務亜樹良が指示をする。「早く！」

駆けだしていく足音。

四季はドアの前に蹲《うずくま》った。

「四季様、大丈夫ですか？　危ないですから、離れていて下さい」

「其志雄さん！　開けて下さい！」各務がドアを叩く。

男が走って戻ってきた。

ドアの隙間にバールを押し込む。

軋む音。

「もっと後ろへ」
四季の躰を各務が抱きかかえる。
「開きます」男が言った。
「気をつけて」各務が叫ぶ。「そちら、護衛を！」
ドアのロックが壊れる。
隙間が開き、足許に灯りが落ちる。
ドアは、フリーになった。
男は二人とも拳銃を構える。
「行け！」各務が言った。
ドアを開けて、一人が倒れ込むように飛び込む。
もう一人が壁に張りついて、中を窺った。
無音。
静寂。
戸口の男が立ち上がる。
もう一人も中へ入った。
各務は四季と一緒に移動する。
室内の灯りが、黄色っぽい。

男たちは立ち尽くす。
銃を持った手がゆっくりと下がった。
各務は四季を連れて、室内に入る。
奥。
ソファに。
女が倒れていた。
「あの人が?」四季はきいた。もう普通の、いつもの彼女の声だった。
各務は無言で頷いた。声は出ない。
男は、ソファに近づき、女の前で跪いた。
「救急車を呼んで」各務が言う。
「駄目ですよ、もう」男がこちらを向く。「だいぶまえだ」
しかし、戸口にいたもう一人の男が外へ飛び出していった。
さらに奥。
部屋のコーナ。
そこには暖炉があった。
斜めの梁《はり》が、壁から突き出し、煙突の配管がその間を抜けて繋がっていた。
その梁に、人がぶら下がっている。

床には、木製の椅子が倒れていた。

男は、その椅子を立てる。

「各務さん、ロープを切って下さい。私が下で受け止めます」

各務は、四季をソファの横で解放した。

四季は、暖炉のところへ近づき、ぶら下がっている兄の姿を見上げた。彼女は表情一つ変えなかった。小さな顔が上を向き、青い瞳はじっとそれを見つめている。感情は表れない。

各務が椅子の上にのって、男から手渡されたナイフを片手に持つ。下で男が、其志雄の躰を抱えた。ロープは頑強で、なかなか切れなかった。

四季は、ソファに倒れている女を見にいった。彼女の伯母に当たる人物だった。安らかに眠っているようには見えない。首を絞められたのだ。四季は伯母の髪に触れた。額には、もう体温が残っていなかった。

其志雄はようやく床に下ろされた。

もう生きてはいない。

四季はそちらへ戻り、跪き、黙って其志雄の顔に接吻した。

「申し訳ありませんでした」各務が言った。

「貴女のせいではありません」四季は顔を上げる。「兄の代わりになる才能を明日中にリストアップしましょう」
四季の冷静な言葉に、各務は目を見開き、少し遅れて頷いた。
「あとの処理は彼らに任せて、四季様、戻られた方がよろしいかと存じます」
「そうね」彼女は簡単に頷いた。
四季は立ち上がり、もう一度だけ兄の顔を見た。
それから、ドアへ歩く。もう振り向かなかった。
後ろから各務がついてくる。
開け放たれたドアから、夜の中へ。
ステップを下り、暗い地面に触れる。
「自分の母親を殺すというのは、どんな感じかしら」四季は呟いた。
各務は黙って、後ろを歩く。
「自殺よりも、純粋なものかしら」四季は言った。
誰も答えない。
「どうしたの？」四季はきく。
夜の中で、二人の足音だけ。
「其志雄？　どうしたの？」四季は呼んだ。
彼女は立ち止まった。

各務も立ち止まった。

「どこにいるの？」

誰も答えない。

僕は、ずっと深いところで、最後の声を聞いていた。

「其志雄？　出てきて」

四季、さようなら。

僕は、もう行くよ。

もう、帰るよ。

「私を置いていかないで！」

楽しかった。

君と二人だけで、楽しかった。

本当に、
君が、
君のことが大好きだったよ。

「其志雄！」

エピローグ

「いえ、ちがうの、ちがうのよ！　遺伝よ、遺伝よ！　あたし遺伝ってもの信じているの。だからあたしの息子って、ほんとに気まぐれでしょ……あらあんた、あの子が気まぐれそのものだってこと、知らないの？」

兄が消えた一年後、四季はプリンストン大学からマスタの称号を授与された。また、その二年後にはＭＩＴでPh.D.を取得した。その後、ＭＦ社の主任エンジニアとなり、世界的にも名前を知られるようになる。

彼女が十三歳になる年の三月十六日。ＣＡＤ技術に関するカンファレンスのレセプション会場。四季は大勢の学者、技術者に囲まれていた。

刺繍《ししゅう》を施《ほどこ》したジーンズの上下。ストレートの髪。ナチュラルな飾りが、髪と手首に。彼女は既に大人の背丈があったものの、女性の柔らかさ、ふくよかさはまだなく、長髪を除けば、少年のように精悍だった。

彼女が群衆から抜けだし、部屋の隅へ飲みものを取りにいくと、グラスを手にした紳士が近づいてきた。

「インディアンみたいだね」彼は微笑んだ。「それは、何かの戦略だろう？」

「あぁ、ええ、西之園《にしのその》博士」四季はお辞儀をする。「こんな端っこで隠れていらっしゃったのですね」

「彼女のせいなんだ」彼は後方の壁際を指さした。

赤いドレスの少女が床に座り込んでいる。まだ幼児だ。

「お嬢様ですか？」

「たぶん」西之園は頷いた。「実は、僕が生んだんじゃない」

「そのジョークはおやめになった方が賢明です」四季は首をふって微笑んだ。「こちらでは通用しませんよ」

「ずっと、こちらにいるつもり？」彼はきく。

「どこにいても同じです」

「そうなるだろうね、じきに」グラスを口につけ、彼は頷く。

「先生も、もうそろそろコンピュータを始められた方が良いですよ」

「いや、僕なんかもう、取り残されているからね。コンピュータに吸い取ってもらうんだ。根こそぎね」

西之園は笑った。酔っているようだ。

四季は少女の方へ近づいた。彼女の前で膝を折り、顔を近づける。少女は笑っている。片手におもちゃを持っていた。

「お名前は？」四季はきいた。

ドレスもリボンも赤い。少女は四季をじっと見て、大きな瞳を瞬かせる。

既に、周囲に人が集まりつつあった。

「女房が、別のパーティなんだ」西之園が横に来る。「ベビィシッタに預けようとしたんだが、泣かれてね」

少女はじっと四季を見つめていたが、突然表情を崩し、泣きだした。

「おいおい」西之園はグラスを床に置いて、彼女を抱き上げる。「あぁ、きっと、君のことをベビィシッタだと思ったんだよ。どうして、気に入らないのか、わからん」

「すみません」

「いやいや、君のせいじゃない。ちょっと出てくるよ」西之園は言った。「大変恐縮だが、その……、僕のグラスをどこかへ片づけておいてもらえないかな」

「あ、はい」四季は微笑んで、彼のグラスを手に取る。

「天才にこんなことを頼んだ奴はいないだろう?」彼はぐずつく少女を揺らしながら話した。「また、いつか」

「失礼いたします」四季はお辞儀をした。

「今度会うときは、絶対子連れじゃないから」

西之園が出ていった方へ、四季も歩いた。会場の空気が悪かったからだ。静かなロビィを横断し、階段を下りた。

建物の前のモニュメントがライトアップされている。先週まで雪が残っていた。今は黒いアスファルトと、緑にはほど遠い芝のツートン。駐車されている車だけが色とりどりだった。

四季は、ガラスのドアを押して外へ出る。

空気は冷たかった。滅多に外気を感じることのない生活なので、温度のことは予想外だった。

桜の樹が近くにある。もちろんまだ蕾《つぼみ》もつけていない。

今は春、彼女はそれを思い出す。

冒頭および作中各章の引用文は『シェリ』（コレット作　工藤庸子訳　岩波文庫）によりました。

四《し》季《き》 春《はる》

二〇〇三年九月五日 第一刷発行

KODANSHA NOVELS

定価はカバーに表示してあります

著者—森《もり》 博《ひろ》嗣《し》

発行者—野間佐和子
発行所—株式会社講談社
東京都文京区音羽二-一二-二一
郵便番号一一二-八〇〇一
編集部〇三-五三九五-三五〇六
販売部〇三-五三九五-五八一七
業務部〇三-五三九五-三六一五

印刷所—豊国印刷株式会社 製本所—株式会社若林製本工場

N.D.C.913 266p 18cm

ISBN4-06-182333-7

KODANSHA NOVELS 講談社ノベルス

ハードボイルド長編推理 狙撃者の悲歌 森村誠一

長編本格推理 明日なき者への供花 森村誠一

長編本格ミステリー 背徳の詩集 森村誠一

長編本格ミステリー 暗黒凶像 森村誠一

長編本格ミステリー 殺人の祭壇 森村誠一

長編ドラマティック・ミステリー 夜行列車 森村誠一

長編ドラマティック・ミステリー 殺人の花客《かかく》 森村誠一

長編ドラマティック・ミステリー 殺人の詩集 森村誠一

連作ドラマティック・ミステリー 殺人のスポットライト 森村誠一

長編サスペンス 星の町 森村誠一

連作ドラマティック・ミステリー 完全犯罪のエチュード 森村誠一

完璧な短編集 ミステリーズ 山口雅也

パンク＝マザーグースの事件簿 キッド・ピストルズの慢心 山口雅也

本格ミステリ 垂里冴子のお見合いと推理 山口雅也

本格ミステリ 続・垂里冴子のお見合いと推理 山口雅也

『ミステリーズ』の姉妹編 マニアックス 山口雅也

世紀末探偵御伽草子 13人目の探偵士 山口雅也

書下ろし本格推理 神曲法廷 山田正紀

書下ろし本格推理 長靴をはいた犬 神性探偵・佐伯神一郎 山田正紀

超本格トラベルミステリ 篠婆 骨の街の殺人 山田正紀

書下ろし戦略シミュレーション 幻の戦艦空母「信濃」沖縄突入 山村正夫

名探偵・令嬢キャサリンの推理 ヘアデザイナー殺人事件 山村美紗

長編本格推理 白猫怪死の謎 京都紫野殺人事件 山村美紗

長編本格推理 墜死した花嫁 京都新婚旅行殺人事件 山村美紗

ミステリー傑作集 愛人旅行殺人事件 山村美紗

長編本格トリック推理 京都再婚旅行殺人事件 山村美紗

税関検査官・陽子の推理 大阪国際空港殺人事件 山村美紗

長編旅情ミステリー 小京都連続殺人事件 山村美紗

長編ミステリー 真犯人は誰？ シンデレラの殺人銘柄 山村美紗

令嬢探偵キャサリンの推理 グルメ列車殺人事件 山村美紗

KODANSHA NOVELS 講談社ノベルス

- 令嬢探偵キャサリンの推理 シンガポール蜜月旅行殺人事件 山村美紗
- 令嬢探偵キャサリンの推理 天の橋立殺人事件 山村美紗
- 旅情ミステリー&トリック 愛の飛鳥路殺人事件 山村美紗
- 傑作ミステリー 紫水晶殺人事件 山村美紗
- 長編本格推理 愛の立待岬 山村美紗
- 旅情ミステリー&トリック 山陽路殺人事件 山村美紗
- 最新傑作ミステリー ブラックオパールの秘密 山村美紗
- 旅情ミステリー&トリック 平家伝説殺人ツアー 山村美紗
- ミステリー傑作集 卒都婆小町が死んだ 山村美紗
- 旅情ミステリー&トリック 伊勢志摩殺人事件 山村美紗

- 旅情ミステリー&トリック 火の国殺人事件 山村美紗
- 不倫調査員・由美の推理 十二秒の誤算 山村美紗
- 旅情ミステリー&トリック 小樽地獄坂の殺人 山村美紗
- 旅情ミステリー&トリック 京都・沖縄殺人事件 山村美紗
- 伝奇スーパーアクション 黄金宮 勃起仏編 夢枕 獏
- 伝奇スーパーアクション 黄金宮II 裏密編 夢枕 獏
- 伝奇スーパーアクション 黄金宮III 仏呪編 夢枕 獏
- 伝奇スーパーアクション 黄金宮IV 暴竜編 夢枕 獏
- 闘魂波瀾万丈巨編 空手道ビジネスマンクラス練馬支部 夢枕 獏
- 書下ろし旅情推理 由布院温泉殺人事件 吉村達也

- 書下ろし旅情推理 龍神温泉殺人事件 吉村達也
- 書下ろし旅情推理 五色温泉殺人事件 吉村達也
- 書下ろし旅情推理 知床温泉殺人事件 吉村達也
- 書下ろし恐怖心理ミステリー 私の標本箱 吉村達也
- 書下ろし旅情推理 猫魔温泉殺人事件 吉村達也
- 長編本格推理 ピタゴラスの時刻表 吉村達也
- 長編本格推理 ニュートンの密室 吉村達也
- 長編本格推理 アインシュタインの不在証明 吉村達也
- 書下ろし旅情推理 金田一温泉殺人事件 吉村達也
- 書下ろし旅情推理 鉄輪温泉殺人事件 吉村達也

世紀末に放つ同時代ミステリー
侵入者ゲーム 吉村達也

特殊犯罪捜査ファイル
リサイクルビン 米田淳一

赤かぶ検事奮戦記
京人形の館殺人事件 和久峻三

赤かぶ検事奮戦記
蛇姫荘殺人事件 和久峻三

赤かぶ検事奮戦記
あやつり法廷 和久峻三

赤かぶ検事奮戦記
祇園小唄殺人事件 和久峻三

赤かぶ検事奮戦記
倉敷殺人案内 和久峻三

赤かぶ検事奮戦記
濡れ髪明神殺人事件 和久峻三

連続殺人犯の異常心理ファイル
心理分析官 和田はつ子

心理分析官の事件ファイル
鬼子母神 和田はつ子

書下ろしホラーミステリー
蚕蛾《さんが》 和田はつ子

ノベルス初登場!
怪人21世紀 中野ブロードウェイ探偵ユウ&AI《アイ》 渡辺浩弐